千秋四川赋

千秋四川赋 —— 蒲朝龙 编著

四川大学出版社
SICHUAN UNIVERSITY PRESS

图书在版编目（CIP）数据

千秋四川赋 / 蒲朝龙编著． -- 成都：四川大学出版社，2025.3. -- ISBN 978-7-5690-7480-2

Ⅰ．Ⅰ227.9

中国国家版本馆 CIP 数据核字第 20259553TS 号

书　　名：千秋四川赋
　　　　　Qianqiu Sichuan Fu

编　　著：蒲朝龙

选题策划：李志勇　李　胜　徐丹红
责任编辑：徐丹红
责任校对：李　胜
封面题字：邓存琚
装帧设计：墨创文化
责任印制：李金兰

出版发行：四川大学出版社有限责任公司
　　　　　地址：成都市一环路南一段 24 号（610065）
　　　　　电话：（028）85408311（发行部）、85400276（总编室）
　　　　　电子邮箱：scupress@vip.163.com
　　　　　网址：https://press.scu.edu.cn
印前制作：四川胜翔数码印务设计有限公司
印刷装订：成都金阳印务有限责任公司

成品尺寸：175mm×260mm
印　　张：9
插　　页：1
字　　数：124 千字

版　　次：2025 年 2 月 第 1 版
印　　次：2025 年 2 月 第 1 次印刷
定　　价：68.00 元

扫码获取数字资源

四川大学出版社
微信公众号

导　言

　　《千秋四川赋》是"成渝一体化发展战略研究"项目中六个子课题（历史人文、经济社会、三次产业、科技教育、文化旅游、生态环境）之一，即文旅一体化（文农旅、文林草旅、文水旅、文体旅、文康旅）研究。各研究小组在资料共享、数据共用、蓝图共绘等方面展现了团结协作的团队精神和深厚的家国情怀。

　　参与项目研究的人员均为四川农业大学草学专业的毕业生。其中包括致力于草业科学教育的二级教授和博士生导师，专注于牧草品种选育的二级研究员，以及擅长管理协调的县处级领导和在环境保护领域表现突出的业界精英。他们正以创新和实践的智慧，共同谱写西部高质量发展的新篇章。

"成渝一体化发展战略研究"课题组

2024年12月

"成渝一体化发展战略研究" 重点课题

组　　长：蒲朝龙

副 组 长：邓　斌　罗会岚

研究人员：房小玲　张春林　段佐华　苏　茂　甘世贤　罗会岚

　　　　　彭　燕　安显锋　周仁清　吴　用　罗　阳　蒋春明

　　　　　陈绍清　段吉华　邓　斌　钟　声　祝　牧　李海钧

　　　　　王廉杰　张国荣　杨　林　杨宏光　谢利宇　宋平毕

　　　　　谢光红　杨　烈　沈坤银　范正华

题　记

　　课题组谨将《千秋四川赋》一书敬献给国家"三线建设"六十周年（1964—2024）荣耀者。

卷首语

四川，简称"川"或"蜀"，是中华人民共和国的一个省级行政区，同时也是中国道教的发源地、古蜀文明的发祥地、全球最早纸币"交子"的诞生地以及大熊猫模式标本的原产地。

四川位于中国西南地区的内陆地带，坐落于长江上游，全省总面积达到48.6万平方公里，下辖21个地级行政区和183个县级区划，省会为成都市。截至2023年末，四川常住人口约为8368万人，城镇化率达到66.16%。据四川省绿化委员会办公室发布的《2022年四川省国土绿化公报》，全省森林覆盖率保持在40.2%；而据四川省林业和草原局2023年10月公布的数据，全省草原综合植被盖度高达82.57%。在经济方面，全省的地区生产总值（GDP）已达到60132.9亿元人民币，人均地区生产总值则为7.18万元人民币。

四川自古以来就有"天府之国"的美誉，域内自然景观秀美雄奇、冠绝天下，人文历史星耀璀璨，巴蜀文化、三国文化、红军文化精彩纷呈，盐业文化和酒文化更是源远流长。

当前，全川人民正以昂扬的姿态，阔步前行在充满无限希望的新时代征途上。

The Preface

The research team respectfully dedicates the book **Qianqiu Sichuan Fu** *(Ode to Sichuan Through the Ages)* to the honorees commemorating the 60th anniversary of China's "Third Front Construction" (1964−2024).

Foreword

Sichuan, abbreviated as "Chuan" or "Shu", is a provincial-level administrative region of the People's Republic of China. It is also the birthplace of Chinese Taoism, the ancient Shu civilization, the world's first paper currency, 'Jiaozi', and the origin of giant panda type specimens.

Sichuan is located in the inland area of southwestern China, in the upper reaches of the Yangtze River. The total area of the province reaches 486,000 square kilometers, with 21 prefecture-level administrative regions and 183 county-level divisions under its jurisdiction. The provincial capital is Chengdu. As of the end of 2023, the permanent population of Sichuan is approximately 83.68 million, with an urbanization rate of 66.16%. According to the "2022 Sichuan Provincial Land Greening Bulletin" released by the Office of the Sichuan Provincial Greening Committee, the forest coverage rate in the province remains at 40.2%. According to data released by the Forestry and Grassland Bureau of Sichuan Province in October 2023, the comprehensive vegetation coverage of grasslands in the province is as high as 82.57%. In terms of the economy, the regional gross domestic product (GDP) of the province has reached 6013.29 billion yuan, with a per capita GDP of 71,800 yuan.

Sichuan has been known as the "Land of Abundance" since ancient times, with beautiful and magnificent natural landscapes that are unparalleled in the world. Its cultural and historical stars shine brightly, and the Ba Shu culture, Three Kingdoms culture, and Red Army culture are diverse and splendid. The salt industry culture and wine culture have a long history.

Currently, the people of Sichuan are marching forward with high spirits on the new era journey full of infinite hope.

近日，笔者荣幸地接到了来自四川的挚友蒲朝龙先生的电话邀请，他诚挚地希望我能为其最新力作《千秋四川赋》撰写序言，对此我感到非常高兴，并随即欣然应允。

结识蒲朝龙先生，是在2004年四川雅安举办第二届中国生态旅游论坛期间。彼时，他极为细致地筹划会议的各项重要安排，精益求精地组织安排专家报告，如数家珍地推介雅安各项旅游产品，亲自陪同我们考察二郎山和碧峰峡景区，让与会专家代表倍感亲切和温暖。特别值得一提的是，他当年主持的草地生态畜牧业循环经济模式创新项目成果，给我留下了非常深刻的印象。因为会议内容特别的精彩，我主动撰写了一份会议纪要，而当我将它呈递给蒲先生时，我感受到他的惊喜和感动。自那以后，我们一直保持着联系并有过深度交流。蒲朝龙先生原为四川农业大学教师，后由省委组织部下派锻炼，曾先后在雅安市人大常委会、市、县政府及相关部门担任过重要职务。他坚持科研与著述，多次承担省部级课题并获奖，成为一名优秀的专家型公务员，在政界和学界口碑良好，业绩显著，令人钦佩。

四川，作为中华文明的重要发源地之一，其历史源远流长。自古以来，这里便是华夏先民繁衍生息的重要聚居地，可追溯至三皇五帝时期。古蜀文明的三王二帝，不仅开启了四川早期文明的辉煌篇章，更持续推动了其文明进程的不断发展。在这片历史悠久且充满神秘色彩的地域上，留存着诸多具有显著影响力的文化遗存，比如神秘莫测的三星堆遗址可追溯至约四千年前，出土太阳神鸟金饰和黄金权杖的金沙遗址出现于三千年前，而距今超过两千年历史的都江堰水利工程，在彰显古代中国人民道法自然、顺势而为的先进理念的同时，至今仍在蕴育天府、泽被后人。

通读《千秋四川赋》书稿，令我耳目一新。作者以文赋体韵文配图，融合四十年研究资料与阅历，为科学内容披上文艺华服。该书视野广阔，多维贯通，全景展现锦绣天府自然、历史、经济、文化及社会诸方面。紧贴四川五大经济区，撷取盆地精华，以人为核心，点读文坛、政界、学府、行业领袖风采及"川"字号品牌。作者以辞赋与实景结合方式，深度解析四川文化基因，高度颂扬新时代各行各业的精神风貌，热情讴歌巴蜀儿女始终如一的家国情怀和英雄气概。从抗战到"三线"建设，再到抗震救灾、扶贫攻坚、乡村振兴乃至大众创新创业，作者以独到视角和科学艺术手法，展现川人无惧无畏、勇于开拓的使命担当，彰显其勤劳、智慧、果敢、豁达的人性光辉。

研读全稿后，体会这部作品有以下三个显著特点：

其一，文赋配以彩图，如聆绝美交响。该书以六卷六辑，共三十六篇精妙绝伦的文赋构建其宏伟架构：从卷一的山河壮丽，到卷二的盆地深邃，再至卷三的人文璀璨；从卷四的名胜古迹，卷五的风土人情，直至卷六的生态画卷，每一篇章都如诗如画。史实与现实紧扣，既展现了历史的深邃，又捕捉了现实的生动。作者力图以学术的严谨与艺术的浪漫，共同绘制一幅锦绣天府的全景画卷，为这片美丽的土地代言发声。

其二，成渝一体化的深刻洞察与热情呼唤。作者站在成渝地域相邻、历史同脉、文化同源的高度，强化"一家亲"的历史观，呼吁"一体化"的发展观，倡导"一盘棋"的大局观，链接"一条船"的奋进观。书稿中，成渝一体化的战略愿景被赋予了文学与科学的双重色彩，通过"特有种"与"建群种"的生动描绘，以及重要人物、重大事件与关键项目的精彩呈现，成功尝试了文学性与科学性的完美融合，体现出历史回顾、现实关注与未来前瞻的有机统一。

其三，书稿内容实现定性与定量的有机结合。著述中，强调生物、生态及生命共同体之间的科学逻辑一致性，对于文中特定物种进行了细致的拉丁文标注，增强了专业性；对重要人物，特别添加了生平事迹简介，方便读者更全面了解其背景；对一些重大事件，提供了动因及其对社会、历史产生的深远影响等概要，试图为读者或评鉴者提供更加精准、形象的综合信息，确保做到开卷有益。

综上所述，不论是从文学的视角，还是科学的维度来审视，笔者都认为这是一部特别且有价值的图书，在此，我诚意向广大读者推荐阅读。

张跃西

2024年12月于杭州

张跃西，男，汉族，博士，教授，硕士生导师。研究方向：城市生态、生态旅游、康养旅游等。现任浙江外国语学院国际工商管理学院旅游系主任、"重要窗口"研究所所长、民进浙江省委会文旅专委会副主任，民进浙江外国语学院支部主委。中国未来研究会旅游未来研究分会副会长、九华黄精康养产业研究院院长。曾任金华职业技术学院旅游与酒店管理学院院长、浙江教育学院旅游系主任、浙江外国语学院地名文化国际传播研究所所长、金华市第五届人大常委会委员和政协第四届金华市委员会委员。

主持和承担省部级及以上课题10余项，出版著作《打造"重要窗口"研究》《新时代旅游国际化与战略转型研究》等10部，主编省级重点教材《旅游危机管理》《新概念旅游学》两部，发表学术论文60余篇。获中国高等教育学会教育教学研究论文成果一等奖。

荣获2020年民进中央"全国履职能力建设先进个人"、2021年民进中央"全国社会服务暨脱贫攻坚工作先进个人"及浙江省"新世纪151人才"等荣誉。

四川，素有天府之国的美誉，古蜀文明源自中华文明，历史悠久，一脉相承。这片古老的土地，早在三皇五帝时期，便有华夏先民在此聚居，留名至今的三王二帝开启并延续了四川早期的文明进程，传说中的蚕丛纵目、柏灌战舞、鱼凫仙化、杜宇化鹃、开明复活，留给今人无尽的想象，古蜀文明到底有多久远？如同一部厚重的书籍，等待着我们去翻阅、去探寻、去解读那些隐藏在历史尘埃中的真相与谜团。

四千年前三星堆的青铜文明、三千年前金沙的太阳神鸟、两千年前都江堰的治水开山、一千年前的道教圣地①，是否就是古蜀文明的源头?

源远流长的巴蜀文化，涵盖了先秦、汉代、三国，以及唐、宋等不同历史阶段的特色文化。在这片沃土上，孕育并传承了独具巴蜀韵味的文化根脉。那些如雷贯耳的大师们，如司马相如、扬雄、李白、杜甫、陈子昂、白居易、苏轼、陆游、杨慎、张大千、郭沫若等，是否代表了四川文化的全部?

①史书记载，东汉顺帝汉安元年，沛国丰（今江苏丰县）人张陵（张道陵）于成都大邑县鹤鸣山倡导正一盟威道（俗称五斗米道，亦称天师道），奉老子李耳为教主，以《道德经》为主要经典，这标志着道教的正式创立。鹤鸣山是举世公认的中国道教发源地、世界道教的朝圣地，被称为"道国仙都""道教祖庭"。

广元皇泽寺、乐山大佛寺、成都文殊院、新都宝光寺、平武报恩寺等佛教寺庙，以及崇州文庙、都江堰文庙、犍为文庙、资中文庙、德阳文庙等儒家文庙，还有成都青羊宫、天师洞、大邑鹤鸣山道观、云台观、上清宫等道教宫观，是否可视为四川地区儒释道文化精髓的集中展现？

神奇的九寨山水、瑰丽的黄龙瑶池、翠绿的蜀南竹海、奔腾的岷江沱江以及和平使者大熊猫、千姿百态的恐龙世界是否就是四川全部的生态文化地图？

这一切的一切，在历史的长河里嬗变、积淀，在时空的隧道里演化、升腾，在光影的交汇处定格、涅槃。

四十载改革开放风雨兼程，四十载不懈奋斗砥砺前行，四十载春风化雨润物无声，四川以"敢为天下先"的壮志豪情，无数次地奏响了锐意进取、跨越发展的磅礴乐章——经济建设跃居西部之巅，成为引领潮流的龙头；社会发展日新月异，让"北漂"之人对"蓉漂"生活心生艳羡；人民大众的获得感、幸福感与安全感更是如同芝麻开花般，节节攀升。

对外开放以来，四川文旅合璧焕彩——高视角打造精品，大手笔凸显人文，国家4A、5A级景区星罗棋布。世界自然遗产、世界文化遗产接二连三。山川游，激发了行者的家国情怀；文化游，充实了游客的心灵世界；乡村游，提升了大众的"三农"情结；专题游，深化了国人对"中国梦"的理解和感悟。

进入新时代，四川以建设成渝地区双城经济圈为引领，立足"五区共兴"战略，谱写巴蜀发展新篇章，成都平原经济区、川南经济区、攀西经济区、川东北经济区和川西北生态示范区在区域差异化发展中竞相出彩，在一体化推进中虎跃龙腾。作为成渝"双核"之一的大都市成都，发挥区域优势，引领高质量发展，带动"五区"整体提升、协同共兴，实现三次产业的全面提速。

身为今日之蜀人，我们何其幸也！大自然无私馈赠，天府之地、沃野千里、风调雨顺、饥馑不沾；祖先们勤劳勇敢、聪慧睿智、乐观豁达、开疆拓土、世代繁衍。

身为今日之蜀人，我们重任在肩。在"治蜀兴川"新征程的伟大事业中，如何依托文化大省优势，挖掘利用好本地文化资源及其价值，做强做大文化产业，推进文化资源大省向文化强省迈进，讲好和谐美丽的"四川故事"，应是我辈义不容辞的责任、无上荣光的担当。

"中华文明延续着我们国家和民族的精神血脉，既需要薪火相传、代代守护，也需要与时俱进、推陈出新。要加强对中华优秀传统文化的挖掘和阐发，使中华民族最基本的文化基因与当代文化相适应、与现代社会相协调，把跨越时空、超越国界、富有永恒魅力、具有当代价值的文化精神弘扬起来。"让我们以习近平新时代中国特色社会主义思想为指引，借《千秋四川赋》一书的编撰和出版，吹响向文化强省进军的号角，激发起人民群众对美好生活的向往和对文化发展的热情。同时以该书为媒介，搭建起一座文化交流的桥梁，让更多的人了解四川、爱上四川，进一步推动四川文化走向全国、走向世界。

《成渝一体化发展战略研究》课题组

2024年12月

前言

　　2011年6月2日，国务院批复的《成渝经济区区域规划》由国家发展改革委正式公布。根据规划，成渝经济区的总体布局为"双核五带"，双核即以成都、重庆为核心，五带为沿长江发展带、成绵德发展带、成内渝发展带、成南（遂）渝发展带、渝广达发展带。

　　从那时起，课题组即确立了"成渝一体化发展战略研究"的课题思路。在率先完成《成雅生态文明一体化发展战略研究》（2014）课题后，研究人员由3人发展到28人，研究内容也由单一生态领域延伸到经济社会、历史人文等领域。课题组特别着眼于成渝地区在催生新动能、激发新活力、打造新优势、拓展新局面等方面的创新结晶和融合趋势，力图为成渝地区的未来发展绘制出一幅充满希望与可能性的蓝图。

　　2016年，国家发展改革委、住房和城乡建设部在联合印发的《成渝城市发展群规划》中明确，到2020年，成渝城市群要基本建成经济充满活力、生活品质优良、生态环境优美的国家级城市群；到2030年，成渝城市群要完成由国家级城市群向世界级城市群的历史性跨越。由此，课题组加快了对相关专题项目的探索和研究……

西汉扬雄说过："因而循之，与道神之，革而化之，与时宜之。故因而能革，天道乃得；革而能因，天道乃驯。"四川省全域文化旅游的发展顺天文、承人文，必将引来新世纪生产、生活、生态和文化领域里的一场变革。

文化牵系国本，复兴牵系国运。从开题初始，课题组即立旨要站在成渝地域相邻、历史同脉、文化同源的高度，做巴蜀文化传承的公益事，当巴蜀文明赓续的代言人，努力将研究成果结集出版并尽快分享社会，使之成为推进成渝双核城市向世界级文旅高地跨越发展的内生动力和原创性砝码。

课题组经过长达十数载的不懈努力与精心打磨，首批成果《千秋雅安赋》已公开出版；《千秋四川赋》书稿业已杀青并通过评审，并在四川大学博士生导师、中华孔子学会副会长舒大刚教授以及西南民族大学博士生导师、四川省杜甫研究中心首席专家、四川省李白研究会会长徐希平教授精心指导和提出宝贵意见的基础上最终定稿。

《千秋四川赋》聚焦巴蜀的自然、地理、历史、文化、社会和经济，其论述植根于四川五大经济区域分析，提要出四川盆地五大方位亮点。全书涉猎广泛，从文学巨擘到政治精英，从高等学府的学术殿堂到行业领袖的辉煌成就，从"川"字号品牌的独特魅力到绿色生态的盎然生机，从壮美秀丽的风景名胜到多元文化交融共生，林林总总，不一而足。同时，书稿作者还特别着笔，热情讴歌了四川人民在抗日救亡、"三线建设"、改革开放、抗震救灾和创新创业等不同时期所展现出的毁家纾国、负重前行、先人后己、敢为担当的崇高精神风貌。

值得一提，今年我们迎来了国家"三线建设"六十周年（1964—2024）纪念。在那个波澜壮阔的年代，无数英勇的建设者响应国家号召，离乡背井、义无反顾，从五湖四海奔赴四川这一战略大后方，全身心地投入到建设祖国的伟大事业中。他们流血汗、献青春、鼓干劲，为四川的工业化和科技进步奠定了雄厚的基础，也为全省经济社会不断发展做出了历史性的贡献。他们是那个火红年代里最可爱的人，让我们永远铭记他们！

《千秋四川赋》以六卷六辑三十六篇文赋成书，每篇均可独立成篇。书中选配大量精绝图片，与文赋内容交相辉映，画龙点睛。全书本着薄古厚今、略古详今以及古为今用、洋为中用的编撰原则，收集并遴选大量文史资料和相关数据材料，旨在为读者及国际友人打造一个既真实生动，又易于铭记且激发探索欲望的文化"悦"读空间。不难看出，图文并茂是本书的一大特色，史实和现实交融铺陈则极大地丰富了书稿的内涵，而传承式地颂扬那些典型的人物与事件，又形成本书新的亮点。课题组怀揣着满腔热忱，试图以全景式的宏观视角与细腻入微的特写镜头，为这片养育我们的美丽家乡代言发声。另外，课题组还通过综合运用定性与定量分析方法，借助生物、生态及生命共同体的叙事框架，形成了独特的表述方式。其中，特定物种辅以拉丁文标识，代表人物辅以生平简述，重大事件辅以起因解析……旨在为读者呈现出一个详尽、生动且具体的四川图景，而非零散模糊或难以捉摸的碎片化信息聚合。

然而，四川历史人文厚重且类型繁多，四川生态类型复杂且地处长江上游，四川经济社会发展迅猛且日新月异，本书著述难免挂一漏万或失之偏颇，谨此诚心就教于有关方家和各位读者，以期获得宝贵的指正与建议。

最后，谨以一首古风《叩问天府之国》以道编著历程：

别裁古今圣贤史，独立草根肺腑言。

都江堰拜岷江水，大渡河扬长征帆。

探赜索隐敬子云，致远钩深效马班。

平生喜做公益事，满腔心血赋四川。

蒲朝龙　邓　斌　罗会岚

2024年12月

目 录

千秋四川赋

卷

一

山河辑

四川铭

天下四川，史前发轫。茶乡竹海，贡嘎入云。大江大河，霞蔚云蒸。"喧然名都会"，扬一益二尽显川中富庶；"东方夜巴黎"，古老成都孕育巴韵蜀心。精妙奇绝的自然资源，国宝大熊猫的发现地；北纬30度的神奇秘境，西部大开发的排头兵。世界遗产荟萃，峨眉九寨青城山；巴蜀英杰故里，群星璀璨四川人。

太阳神鸟，幻化中国文化遗产之标志；三星古堆，见证古蜀史海深邃之乾坤。三王二帝①兮，蜀文化彪炳史册；两江分水兮，都江堰造福古今。"天下第一秀才"②，潜移默化四川；智圣三分天下，匡扶汉室中兴。生态新家园，处处灵山秀水；文旅新地标，几多名城古镇。敬深深，神秘的史前辉煌；美滋滋，醉人的浓酱精灵。

攻克贫困堡垒再赶考，化危开新局；打造全国经济"第四极"，成渝一家亲。"汇力磅礴"，长江经济带风起云涌；一

---

① "三王二帝"，即蚕丛、柏灌、鱼凫（三王），杜宇（望帝）、鳖灵（丛帝或称开明帝）。

② "天下第一秀才"，即司马相如（公元前179年—公元前118年），字长卿，蜀郡成都人，又称巴郡安汉（今四川蓬安县）人，西汉辞赋家，中国文化史文学史杰出代表，被誉为百科全书式的文化巨人、"天下第一秀才"。

干多支^①，"五区"^②大手笔虎跃龙腾。川藏铁路"世纪工程"日新月异，"成都超算"全球前十探赜索隐。雄哉！神妙的大千世界，复兴伟业，四川风鹏正举；壮哉！无穷的人间万象，有凤来仪，天府^③水起风生。

【蜀】

国称蜀国；民称蜀民；
道称蜀道；茶称蜀茶……
一字開出千年風。

炎帝，千古一帝出華陽；
黄帝，蜀人之乘龍快婿；
顓頊，人文始祖生若水；
大禹，蜀中羌人開夏朝。
蜀為何物，竟如此淵源？

漢《說文》："蜀，象形。
從蟲。葵中之蠶也。"
玄秘之含義，難以揣摩！
地盡頭，何處是首丘？
蜀之邑人，翹首以瞻！

---

① "一干"指成都加快建设全面体现发展新理念的国家中心城市，充分发挥成都的引领带动辐射作用；"多支"指打造各具特色的区域经济板块，推动环成都经济圈、川南经济区、川东北经济区、攀西经济区竞相发展。
② "五区"，指成都平原经济区、川南经济区、川东北经济区、攀西经济区和川西北生态示范区。
③ "天府"，此处指天府新区2014年10月2日正式获批成为中国第11个国家级新区。2022年2月，天府新区地区生产总值4158.8亿元，成功跻身国家级新区第一方阵。

四川赋

　　成都平原，丘陵盆地，春夏秋冬四时分明；雪山贡嘎，泸宜江城，湖光山水风光无限。大四川[①]，地处东西交融、南北过渡地带；古蜀国，孕育古蜀五祖[②]，文明光辉灿烂。万里长江第一城，鼎鼎大西南半壁；九曲黄河第一湾，茫茫川西北高原；天生蜀中七奇绝[③]，"道""路""幽""秀""雄""雅""险"。将帅[④]故里，朱总司令指挥若定千军万马；小平家乡，总设计师文韬武略力挽狂澜。工农兵学商，八千万人民安居乐业；汉藏彝苗羌，五十六民族生息繁衍。

　　溯蜀史谁解青铜文明？金沙三星堆；仰李冰文翁开江化蜀，石室都江堰。神鸟纵目人，一醒三千年而惊天下；分水宝瓶口，造福两千载江河安澜。礼佛成都大慈寺，问道大邑鹤鸣山。唐玄宗剑阁闻铃，元宪宗"上帝折鞭"。蜀绣蜀锦，精湛

①四川，康熙字典引用《韵会》指出，今成都府、潼州、利州、夔州四路，取岷江、沱江、黑水、白水四大川以立名也。
②"古蜀五祖"，指蚕丛、柏灌、鱼凫（三王），以及杜宇（望帝）、鳖灵（丛帝或称开明帝）。
③"蜀中七奇绝"，即大蜀道、南方丝绸之路、青城天下幽、峨眉天下秀、剑门天下雄、蒙顶天下雅、夔门天下险。
④"将帅"，特指朱德、刘伯承、陈毅、聂荣臻四大元帅；大将罗瑞卿、上将张爱萍、陈伯钧、傅钟四将军。

细腻居四大名绣之榜首；盐业盐都，名播天下拓井盐生产两千年。益州麻纸，唐时宫廷列为贡品；交子纸币，世界首张汇兑名片。杜工部草堂望月怀乡，李太白江油远行仗剑。群星闪耀，相如扬雄苏东坡；开来继往，巴金沫若张大千。浑天始祖，世界天文学泰斗；天数在蜀，行星落下闳飞天。千古名相，谈笑间三足鼎立成势；夙夜忧国，匡社稷孔明六出祁山。中国死海绝，蜀南竹海芊；香格里拉神，九寨黄龙漱。

大熊猫乘诺亚方舟，锚定宝兴；武则天从利州启程，问鼎中原。川陕革命根据地，十万川人汇洪流；川军雄起逐倭寇，百万儿郎赴前线[①]。川茶川酒[②]，饮者莫不为之倾倒；川剧川菜，品评异口同声点赞。百所高校荟

① "百万儿郎赴前线"，指四川为抗战作出了巨大贡献，川军先后有340万人出川抗日，64万余人伤亡或失踪，参战和为国捐躯人数均居全国之首。
② "川茶"指雅安蒙顶山、乐山峨眉山等地出产的优质茶叶，"川酒"指五粮液、泸州老窖、郎酒、剑南春、舍得、水井坊六大品牌。

萃，川大科大西南财大；国防"三线建设"①，西水西气西电东援。抢滩登陆，世界500强纷设区域总部；西部高地，廿三国领事先后入川立馆。"两山"基地②，筑长江上游生态之屏障；"三条红线"③，护中华锦绣天府之青岚。一干多支，建综合交通之枢纽；五区④协同，立区域比翼之示范；四向⑤拓展，树南亚对接之标杆。

若夫唱好"双城记"，共建国家数字经济创发区；兄弟"一盘棋"，打造成渝六十分钟通勤圈。完善五横六纵⑥，生态水网引水补水；建设制造强省，着力产业延链强链。嗟乎！旗猎猎，万里信道兼程；步锵锵，千秋远航扬帆。定定乎！常亮开放对接之窗口，四川品牌；洋洋乎！兴建外贸投融之平台，川货出川。绝哉！弘扬四川之美：美在人文，美在自然；善哉！喝彩四川之美：美在文明，"美在发现"。

---

① "三线建设"，从1964年到1980年，在中国中西部13个省区进行了一场以战备为指导思想的大规模国防、科技、工业和交通基本设施建设，史称三线建设。20世纪60年代，国家根据战争状态下对敌的战略距离国土进行了划分，沿海和边疆地区称一线（国防前线），中间地带称二线，广袤的中西部内陆地区称三线（战略大后方）。
② "'两山'基地"，指"绿水青山就是金山银山"实践创新基地。
③ "三条红线"，即生态保护红线、环境质量底线、资源利用上线。
④ "五区"，指成都平原经济区、川南经济区、川东北经济区、攀西经济区和川西北生态示范区。
⑤ "四向"，即突出南向，深化西向，提升东向，扩大北向。
⑥ "五横"，指都江堰供水区、玉溪河供水区、向家坝供水区、长征渠引水、引大济岷（含引青济岷）五个西水东引工程；"六纵"，指武都引水供水区、升钟水库引水供水区、亭子口水库引水供水区、罐子坝水库引水供水区、大桥水库供水区、通口河引水供水区6个北水南补供水工程。

　　成都①平原者，涉八市②之域也。溯远古之先民，聚散无常；凭原始之

①成都，简称"蓉"，四川省省会，中国历史文化名城，全国统筹城乡综合配套改革试验区，中国西部对外开放的重要窗口，也是《四川省"十一五"规划纲要（草案）》（2006年）提出的四川五大经济区之一。
②"八市"，指成都、德阳、绵阳、眉山、乐山、遂宁、资阳、雅安。

进化，稼穑有方。衍春秋而三王二帝^①兮，励精图治；兴成都而千年万载兮，其道大光。川主淘滩作堰，岷江顺流入轨成就天府；文翁化蜀办学，黎庶有教无类潮起锦江。关张赵马黄上将五虎，滴血三国广野；诸葛大智慧天下三分，重振蜀汉旧疆。武侯祠二王庙三苏祠，高贤辈出；大慈寺报国寺灵泉寺，佛法泱泱。一门几词客，三苏公认唐宋两朝八大家；耕读两师徒，严扬^②并列四川文化名人榜。

---

① "三王二帝"，指古蜀开国之君蚕丛、第二代蜀王柏灌、新纪元的蜀王鱼凫、励精图治的望帝杜宇、治水兴国的丛帝鳖灵。
② "严扬"，即严君平和扬雄。严君平（公元前86年—公元10年），名遵，字君平，西汉蜀郡郫县人，治学儒老易兼宗。扬雄（公元前53年—公元18年），字子云，蜀郡成都人，玄学、哲学创始人，号"西道孔子"，师从严君平。

　　水木清华，张栻了翁①郭沫若；鸿硕俊彦，李杜调元骆成骧②。桑田阡陌流韵，蒙顶茶祭吴理真；荷塘十里蛙鸣，射洪酒醉陈子昂。天府丰腴，无饥馑饿殍之地；繁华锦里，享宽窄幸福之邦。青城揽幽，老子《道德经》惠江山福祉；峨眉叠秀，普贤发十愿显功德无量。国宝熊猫之美誉，文旅形胜于黄龙九寨；蜀绣织锦之精粹，丝路繁华于大漠古疆。明远楼边，依稀举子登堂入室；濯锦桥外，难觅织女戏波踏浪。天润西川，书不尽四季花飞锦官城；地活蓉城，道不完百代风流圣贤堂。

　　中外风行太古里，今古全兴水井坊。城乡统筹综合配套改革，水起风生；西部领先产业开发示范，穿越梦想。培育沿江生态景观带，三区一新城③；打造流域水岸经济带，大戏看绵阳。北有德阳新城，风鹏正举；南有天府新区，名邑重光。中国泡菜城，享水天花月休闲度假；高颐文博园，融历史文化相得益

---

① 魏了翁（1178年—1237年），字华甫，号鹤山，南宋邛州蒲江（今四川蒲江）人，著名思想家，博学多思，汉宋兼宗。

② "李杜调元骆成骧"，即李白、杜甫、李调元、骆成骧。李白（701年—762年），字太白，号青莲居士，世称"诗仙"。杜甫（712年—770年），字子美，自号少陵野老，世称"诗圣"。李调元（1734年—1803年），字羹堂，号雨村，四川罗江县人，与遂宁张问陶（张船山）和眉山彭端淑合称清代蜀中三才子。骆成骧（1865年—1926年），字公骕，清代四川唯一的状元，对四川的教育发展做出过重要贡献。

③ "三区一新城"，即新型产业集聚区、现代服务业集聚区、科教创新资源集聚区和绿色智慧宜居新城。

彰。威镇三江汇流，乐山大佛远瞩千万里；复活"东方之笔"①，成渝文脉流淌夜未央。金沙宝藏，巧夺天工凝聚匠心制作；"三星"谜团，青铜文化演绎生命之光。身似浮萍，"中国死海"休闲地盐疗护理；内联外畅，资阳临空经济区通达三江。

噫嘻！成渝一体化图强向海，西岭鸣镝；长江经济带日新月异，万里②起航。成德乐绵发展带，荡激情高扬征棹；双核③拥抱共同体，乘东风创新荣光。"五区"④共兴，提高片区综合承载能力；"三带"比翼，激励研发助推成果共享。喜哉！彰显先忧后乐求实效胸襟，苦干成就未来；绝哉！笃定"而今迈步从头越"气魄，使命重任担当；妙哉！锤炼"不破楼兰终不还"执着，英雄再铸辉煌。

---

① 张大千（1899年—1981年），原名正权，后改为名爰，字季爰，号大千，别号大千居士，四川内江人，中国近现代国画家，被西方称为"东方之笔"。
② "万里"一词引自杜甫诗句"门泊东吴万里船"，意指驶向远方，前景无限。
③ "双核"，指双核城市，即重庆和成都。
④ "五区"，指位于成都平原经济区的岷沱灌区主产区、涪江平原主产区、岷大平原主产区、东部浅丘主产区、绵遂深丘主产区。

川南赋

　　川南[1]要冲，鸡鸣三省。醉美泸宜，玉液清纯，浓酱两味，中外驰名。甜城灯城，立异标新。千年盐都兮，自贡市名出自流井；富顺西湖兮，杨升庵励稚凌波亭。中国竹都，吟诵万里长江文化；三江汇流，滋养千秋叙府香茗。"成渝之心"造就书画之乡，大千领衔；次级枢纽孕育文明之邦，玉振金声。关帝威武，独尊盐都西秦会馆；兴慈禅院，誉享中川第一禅林。碧血化珠，左思挥笔《蜀都赋》；忠君报国，孔子问乐于苌弘[2]。

　　群峰涌碧浪，集南国山水之锦绣；大师泼墨龙，汇天下

---

① "川南"，特指川南经济区，包括自贡、泸州、内江、宜宾四地，是四川省"十二五"规划的五大经济板块之一，位于川、滇、黔、渝四省市的结合部。

② 苌弘（约公元前582年—公元前492年），字叔，又称苌叔，蜀地资州人，周朝大夫，通晓历数、天文，且精于音律乐理，以才华闻名于诸侯。

人文之大成。行宫哪吒洞，缘结台海血浓于水；三江一览园，登临俯瞰戎州全景。南征诸葛亮，七擒七纵往返于五尺道；平叛和为贵，攻心攻城立足于安梓民。李庄古镇，明清格局商贸地；南迁办学，赓续文明之基因。同仇敌忾，冯玉祥题壁"还我河山"；慷慨赴难，刘光第戊戌变法维新。红三军团拔除云庄"土围子"，开仓救济黎庶；军委纵队击落尾追战斗机，"北上"士气大增。围追堵截，蒋介石布防江河天险；因势利导，总司令电传迷惑敌人。四渡赤水，造就用兵如神毛泽东；三军奠基，铭记"双百人物"李硕勋[①]。

蜀南竹海，天上人间幻七彩飞虹；影视基地，《卧虎藏龙》演刀光剑影。光焰万丈长，诗之首谓之李杜；千里航运路，江之头始称宜宾。新与特同步，泸州开局就是决战；放与融兼得，宜宾起步就是飞奔。两横三纵[②]节点，打造异军突起增长极；机械化工优势，突出区域经济"生力军"。五片四区[③]，规划川南经济区国土空间；两核三带[④]，协同一体化发展产投双赢。依托黄金水道，洞开沿江壮大开放门户；服务川渝滇黔，扩大开发凸显叠加效应。攻难点治痛点疏堵点，上下同欲者

---

① 李硕勋（1903年—1931年），宜宾高县人，是中国工农红军第14军、第15军、第17军的主要创建者。
② "两横三纵"，指川南经济区在中国城市化格局中处于第二横与第三纵的交叉地带。
③ "五片四区"，即已规划的川南粮油主产区五大片和俩母山、佛宝、老君山、南部山地四大生态功能区。
④ "两核三带"，即已规划的宜宾—泸州组团与内江—自贡同城化区域两个城镇发展极核，以及成渝主轴南线城镇带、达南内宜城镇带、沿长江城镇带。

胜；全流程全方位全周期，风雨同舟者兴。

嗟乎！笃定流域经济引领者，励精图治；立足创新发展新时代，风雨兼程。分组协同，四市破除数据孤岛；变革动力，百业吸纳四海精英。公铁水①联运，次级经济助推器全速发力；断头路整合，区域发展能量级持续飙升。弯道超车，向海图强的主战场；换道领跑，互利共赢的排头兵。壮哉！宜泸大通道为时空定位，日月其迈；雄哉！内自城镇带为梦想导航，岁律更新！

---

① "公铁水"，指公路、铁路、水路航运。

攀西赋

夫攀西者，凉山攀枝花全域也！西南胜景，控金沙而古名建昌；春染四季，扼邛海而誉美泸山。螺髻明珠，月亮港湾。亭台楼阁，美轮美奂。火舞凉山，精致迷人的文艺展演；水韵月城，全国最大的湿地公园。火树银花兮，独特魅域，享全球点赞；水火交融兮，大美彝风，登央视春晚。花是一座城，攀西裂谷九夏长；城是一朵花，攀枝花涌千佛山。苴却名砚，色质润洁晶莹；存墨不腐，纹理紫黑斑斓。金沙江畔特区崛起，老渡口市盼转型升级；民族风情多彩多姿，新成昆路启小康纪元。

中国第六大少数民族，彝人源自古羌；先祖"仲牟由"开枝散叶，分布大小凉山。司马相如领命招抚，略定西南夷；马扬辞赋双峰比翼，名贯九重天。升庵①泸山月夜咏怀，火映天门火神羡；绍基②经石书画兼备，"天外山惊山外天"；炎培③视察山川地理，"立身不管人推挽"。红军北上急，万水千山险

---

①杨慎（1488年—1559年），字用修，初号月溪、升庵，又号逸史氏等，四川新都（今成都新都）人。后世学者大都认为，论博学多才，杨慎当属明代三大才子之首。

②何绍基（1799年—1873年），字子贞，号东州，别号东州居士等，湖南道州（今道县）人，晚清诗人、画家、书法家。

③黄炎培（1878年—1965年），字韧之，号楚南，江苏川沙（今上海市）县人，我国杰出的教育家和社会活动家。

重重；伯承谋略深，彝海结盟小叶丹。航天伟业，火箭直冲牛斗；飞天嫦娥，千古神话梦圆。西电东输，打造全国清洁能源基地；鱼光互补①，彻底颠覆水产养殖理念。金沙江雅砻江安宁河，营建江河绿色生态廊道；乌东德白鹤滩溪洛渡，畅通超特高压良性循环。

百里画廊，花茂林幽脉通三峡；水墨二滩，清流净土果接蓝天。北有青白江，助力"一带一路"；南有攀枝花，物流启航扬帆。一区三地②格局，攀枝花城市兴万家和；天府第二

---

① "渔光互补"，指光伏养鱼，在水面上架设太阳能光伏板，利用太阳光发电，为养鱼提供电力支持，同时也为周边地区提供清洁能源。这种将新能源和传统农业有机结合的创新模式，有助于推动农业现代化和可持续发展。
② "一区三地"，指打造国家战略资源创新开发试验区，以及全国重要的清洁能源基地、全国优质特色农产品基地、阳光康养旅游目的地。

粮仓，安宁河大手笔补短板。以京昆高速为轴，链接攀西阳光生态经济走廊；以宜攀高速为线，沿江高峡平湖旅游康养发端。"五馆一院①"，融入攀西科技城；三位一体②，"数""质"提速高精尖。钒钛之都，"备战备荒为人民"③；阳光花城，好人好马上"三线"④。

"一区两屏"⑤，山水林田路有机结合；双轴双核⑥，生命共同体绽放新篇。水在山下流，敢牵江河高处淌；"三能"成本降⑦，攀西黎庶尽开颜。

产业优化，川西南区域科技创新；人才汇聚，滇西北项目

---

① "五馆一院"，即文化馆、图书馆、非遗展览馆、美术馆、科技馆、大剧院。
② "三位一体"，指事业、产业、文化三位一体。
③ "备战备荒为人民"，一句与"三线建设"相关联的口号，由毛泽东同志于1965年6月提出。
④ "好人好马上三线"，毛泽东同志在20世纪60年代提出该口号，旨在动员和号召全国的人才、资源支持"三线建设"。
⑤ "一区两屏"，指严格保护安宁河流域粮油主产区，加强青藏高原和云贵高原两大生态屏障的生态保护和修复。
⑥ "双轴双核"，指引导人口和产业向安宁河谷综合发展主轴和金沙江综合发展副轴集聚，完善攀枝花和西昌市城市功能、打造引领攀西经济区发展的双核引擎。
⑦ "'三能'成本降"，指结合风能、光能、氢能开发，将河水引上山，从而降低用水成本。

孵化入园。技术开发区，创新创业整合；钒钛产业园，集聚集约发展。噫嘻！掘峡谷钒钛宝库，栉风沐雨集大成；兴国家战略宏图，砥砺奋进再挥鞭。强哉！开发钒钛新品，祝稀有资源产业腾飞；壮哉！追风逐光击水，愿清洁能源造福全川。

川东北赋

夫川东北者，五市[1]之域合纵连横也。历史时空深邃，文化遗存璀璨。三总[2]故乡，成南渝三城金三角汇力磅礴；女皇故里，川甘陕三省结合部行稳致远。千年绸都，三国文化尘封英雄过往；中国气都，汉阙之乡文明日月经天。千年古道，凭吊世界贫民教育家晏阳初[3]；红军之乡，瞻仰中国大革命露天博物馆。米仓山南麓，处"秦岭—淮河"南北分界线；巴山背二哥，获国家非物质文化遗产。川北锁钥，历代兵家鏖战必争之地；蜀道咽喉，万夫莫开矗立剑门雄关。

剑门诗教节，声声唱响新时代主旋律；东河嘉陵江，年年通航千吨级新名片。徐向前、李先念、许世友，革命老区浴血奋战忠魂显；张爱萍、魏传统、陈伯钧，家国情怀铸胆强精美名传。"打过嘉陵江"，将士踊跃策应中央红军；"迎接党中央"，挥师北上粉碎"会剿"狂言。川东通江达海，嘉陵江一

---

① "五市"，即南充、达州、广安、广元、巴中五个地级市。
② "三总"，指中国改革开放的总设计师邓小平（1904年—1997年），四川广安人；中国人民解放军总司令朱德（1886年—1976年），四川仪陇人；中国人民解放军总参谋长罗瑞清（1906年—1978年），四川南充人。
③ 晏阳初（1890年—1990年），四川巴中人，致力于贫民教育70余年，被推选为"现代世界最具革命性贡献十大伟人"之一，亦被誉为"世界贫民教育运动之父"。

港三码头①；川渝鄂陕四省，强枢纽织网带循环。内联外引的主动脉，达川初心如炬；辐射支撑的桥头堡，南充使命在肩。川渝合作示范区，广安独领风骚；全国打样农科教，广元首批接缘。出妙招，加快做强现代农业

---

① "一港三码头"，即南充港、客运码头、龙林码头、河西码头。

精品；破瓶颈，全力振兴国际文旅高端。建机制，打造旅游目的地康养之城；扫障碍，连通城乡断头路奋楫扬帆。

起步先手招，积极推进区域合作一体化；开局大手笔，深度融入成渝双城经济圈。老少边穷拼项目招大引强，两图一表①；两型社会"两山论"生态优化，三线一单②。红叶光雾山，秦巴山区生物基因库；原始鹰爪岭，空山国家级森林公园。双核三带③，开发落差势能；八纵八横④，"双高"⑤交汇蜿蜒。川气东输，构筑国家清洁能源化工基地；工业引擎，打造全国绿色货运配送样板。四区一屏⑥，夯实现代农业生产要素；九片三城⑦，提升治理能力初心如磐。资源集约，工业园扩区提能促发展；亮点集成，不夜天古城文旅新体验；数字赋能，精细化彰显出云企挖潜。

嗟乎！与时间赛跑，创"川渝万达"开放发展示范区；向风险亮剑，铸双城经济圈环北翼支撑点。把握历史脉搏，创新广巴达区域协作；笃定历史坐标，凸显广达南错位示范。栽梧桐树，诚邀八方来客；聚创业友，凿开幸福泉眼。厚植三产业态优势，方显勇毅；创新技能人才高地，敢树标杆。盛哉！方向决定道路，祝川东北好风凭借力；幸哉！道路决定命运，愿川东北稳健再争先。

---

① "两图一表"，指产业链全景图、产业生态发展路径图以及重点企业和配套企业名录表。
② "三线一单"，即生态保护红线、环境质量底线、资源利用上线和生态环境准入清单。
③ "双核三带"，指以南充发展核和达州发展核为区域中心城市，以达广渝发展带、成南达、广巴达、南巴汉和嘉陵江—渠江发展带为杠杆，撬动川东北区域经济社会发展。
④ "八纵八横"，即成达万和西达渝双高铁将在达州火车站交汇，正式融入国家"八纵八横"高速铁路网。
⑤ "双高"，指成达万和西达渝两条高速铁路。
⑥ "四区一屏"，指北部盆周山地生态农业区、中部深丘粮经综合农业区、粮蔬果种植农业区、川东平行岭谷粮经主体综合农业区，以及南部浅丘筑牢米仓山—大巴山水源涵养生态屏障。
⑦ "九片三城"，指南充形成的拥江新城、产业新城、北部新城和九个功能片区构成的"三城九片"城市结构。

夫川西北者，甘孜阿坝全域①也。茫茫草海，巍巍雪山。九寨翡翠，黄龙璀璨。渊源流长江河水②，群峰巍峨川之源。贡嘎山可上九天揽月，海螺沟近赏最低冰川。圣洁甘孜，格萨尔王城凭吊英雄过往；净土阿坝，九寨沟黄龙寻踪世界遗产。天路花雨，康巴文化的发源地；川西秘景，跑马溜溜的情歌山。川滇甘青藏，五省区交会于川西北高原处女地；逐梦新时代，两大州全疆域国家级生态功能圈③。

嘉绒藏文化④，千年碉楼拔地起；德格印经院⑤，雕艺非遗展鸿篇。千秋巨史，《格萨尔王传》写就"东方荷马史诗"；

---

① "甘孜阿坝全域"，指甘孜藏族自治州、阿坝藏族羌族自治州两个行政区划（地市级）所辖市、县全部地域。

② "渊源流长江河水"，指流经该地域且闻名于世的金沙江、雅砻江、大渡河和岷江。

③ "两大州全疆域国家级生态功能圈"，指甘孜藏族自治州和阿坝藏族羌族自治州全域被划为国家重点生态功能区，共同构成了四川省重要的国家级生态功能圈，这一功能圈涵盖了水源涵养、生物多样性维护、水土保持等重要生态功能，对于维护国家生态安全和长远发展具有重要意义。

④ "嘉绒藏文化"，指主要分布在中国四川省甘孜藏族自治州、阿坝藏族羌族自治州部分地区以及雅安市、凉山彝族自治州的嘉绒藏族所创造和传承的独特文化体系，其中四川丹巴县和康定县鱼通镇是嘉绒文化保留较完整的地区。

⑤ 德格印经院，位于四川省甘孜藏族自治州德格县，有近300年的历史，素有"藏文化大百科全书""藏族地区璀璨的文化明珠""雪山下的宝库"等盛名，院藏雕版有不少珍本、孤本，堪称"中国活版印刷的活化石"，是闻名天下的"藏文化"中心。

万里墨香，丹巴泽仁担当藏文明承启重担。改土归流，促进民族地区稳定繁荣；政府直辖，统一标识儒家文化内涵。甘孜踢踏舞锅庄，藏汉掘开幸福泉；背夫壮歌融血汗，茶马古道邀婵娟。滇西北逶迤大九寨，四姑娘①缠绵藏东南。香格里拉护佑大熊猫，龙山夕照热尔大草原。星夜兼程，刘伯承抢先强渡大渡河，勇士飞夺泸定桥；鏖战辗转，贺龙率部奔赴四方面军，英雄三越夹金山。磨西巴西会址，见证万里长征悲壮史；藏羌织绣精品，传承千年非遗民族风。国家公共文化服务项目，藏羌

---

① "四姑娘"，即四姑娘山，是横断山脉东部边缘邛崃山的最高峰，由从北到南"一"字排开的四座山峰组成，主峰名为幺妹峰，海拔6247.8 m。四姑娘山有"蜀山之后"的美誉。

戏曲入校园；红原舞台夏天户外唱响，四季音乐节①狂欢。草长莺飞，阿若红松遏制"两化三害"②；重磅落子，康泸新一体化③扬长避短。坚持有"锂"走遍天下，加快工业转型升级；以"飞地"园区为载体，突出产品质量优先。

瞄准生态文明建设示范区，探索产业发展路径；打造生态文化旅游目的地，突显"三大战略"④并联。彰显高原农牧基地特色，品牌品种标准同步提升；水光风热⑤绿能无缝调协，拓展国家清洁能源空间。牧繁农育，夏秋天然放牧以壮膘情；草业革命，冬春适时补饲更抗严寒。牧光互补，种养加并重能源费省效增；草畜配套，立体化三产硕果富民裕县。城乡互动，文体旅六位一体⑥；多能互补，新能源绿色安全。"两山"转化，强化水陆空国土管理；草地生态，笃定川西北三线一单。

①"四季音乐节"，指红原大草原夏季雅克音乐季，是四川省春夏秋冬四季音乐站之夏季站，也是国内"音乐+旅游"城市全民文化互动新标杆。
②"两化三害"，指草原的退化、沙化以及鼠害、虫害、农残毒害。
③"康泸新一体化"指康定、泸定、甘孜新区一体化协同发展，推动泸定率先崛起。
④"三大战略"，即以绿色生态、红色文化、特色民族深入实施全域旅游发展战略。
⑤"水光风热"，即水能、光能、风能和地热能绿色能源。
⑥"文体旅六位一体"，即吃、住、行、游、购、娱形成一个完善的服务链条。

噫嘻！用热血书写忠诚，护守天府两屏两廊^①国土；以使命坚守初心，贯通国家五纵五横干线；用实干践行责任，拓宽文旅二轴三域重点^②。壮哉！赓续红色血脉基因，往昔已展千重锦；雄哉！交好盛世赶考答卷，明朝更进百丈竿。

---

① "两屏两廊"，指岷山—横断山脉生态走廊、羌塘—三江源生态走廊构成的两道生态屏障。
② "二轴三域重点"：二轴，即国道317线和318线；三域，即甘孜东、南、北三个区域；重点，即打造以稻城、亚丁为核心的"香格里拉之魂"，以贡嘎山旅游环线为主体的"香格里拉之巅"。

千秋四川赋

卷

二

盆地辑

盆东赋

盆东者，重庆万州也！上束巴蜀，下扼夔巫。万州县制，始于东汉。万商云集，名市内外高峡平湖黄金水道；万川毕汇，誉小重庆缠绵四川盆地东缘。历史文化名城，融入"八纵八横"主循环；世界大河歌会，吟唱"两地""两高"[①]艳阳天。万县胭脂鱼，色彩鲜明集食赏于一体；诗仙太白酒，双重窖藏助骚客以雄篇。高笋塘广场，千年流杯家喻户晓；《移民金大花》，万州戏剧百花争艳。三峡盐二哥，疾如闪电流星；万州金钱板，快似珍珠落盘。《三峡女神颂》，听四川清音；《双枪老太婆》，看《江姐闯关》。

开来继往，凭吊川东英烈彭咏梧；承前启后，创建三峡移民纪念馆。英雄壮举，朱德陈毅刘伯承；诗歌雅韵，李白杜甫黄庭坚。延安鲁艺何其芳[②]，致力推动文艺转型；巴蜀教坛刘诗白[③]，理论纵横培英育贤。开放外宣阵地，四大文化[④]通江

---

① "两地""两高"，指重庆市立足"一带一路"和长江经济带这一战略支点，加快建设内陆开放高地、山青水秀美丽之地，推动高质量发展、创造高品质生活。

② 何其芳（1912年—1977年），原名何永芳，重庆万州人，现代诗人、文学家、文艺评论家，中国科学院哲学社会科学学部委员。

③ 刘诗白（1925年— ），重庆万州人，西南财经大学名誉校长，教授、博士生导师，主要从事理论经济研究。

④ "四大文化"，指巴渝文化、抗战文化、三峡文化、移民文化。

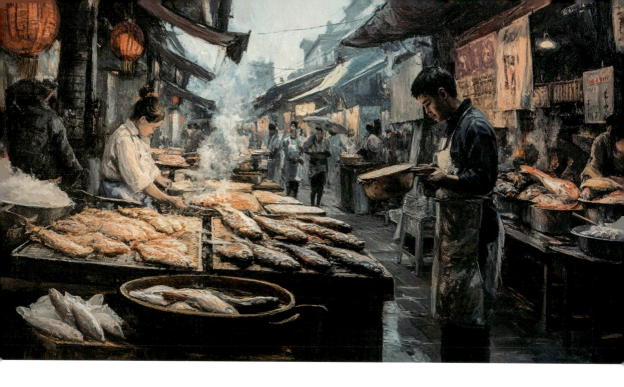

达海；凝聚赶超合力，"一带一路"风月同天。万州开州，全国综合性交通枢纽；水陆空铁，新机场筚路蓝缕蝶变。茶品牌"三峡天丛"①声名鹊起，"三茶"有机融合②；都连山特长隧道建成通车，三年破隘夺关。推进农业公园建设，链接高标准；发展山地高效农业，反季补时鲜。剑指"三品一标"，深化农村"三变"立体革新；"好戏"登台亮相，探索特色村社结对发展。

绿色产业带，全域保育战稳准狠；先行示范区，工业智能型中长远。种植养殖加工，笃定产业生态化；碧水蓝天净土，打好三大攻坚战③。"农超"无缝对接，发展动能高质量提速；开通"水上巴士"，浩渺长江烟雨中往返。拓宽瓶颈路，畅达

---

① "三峡天丛"，重庆万州区区域茶叶公共品牌。
② "'三茶'有机融合"，指茶文化、茶产业、茶科技融合。
③ "三大攻坚战"，指脱贫成果持续巩固、污染防治有力有效和风险管控持续加强。

大通道便捷其行；康养品牌化，打造渝温泉国粹高端。砥砺奋进，渝东北城镇群崛起；逐梦前行，万开云[①]同城化发展。落实长江经济带重在"大保护"，示范库区阡陌通突破点线面。传播新月湾民俗民风，致力健康向上；建设大数据万州中心，强化数字城管。

畅游三峡，始发万州；碧波荡漾，魅力独显。中国烤鱼之乡[②]，馨香飘四海；中国曲艺之乡[③]，经典咏流传。东西南北水茫茫，立体四通是万州；流连忘返情切切，竹琴悠扬数百年。内陆开放高地奋进兮，致广大行千里；长江三桥水景张扬兮，城景通尽玩赏。噫嘻！山高攀则至，稳中求进，促产业生态化；路远行则达，文旅提速，逛万州不夜天。

---

① "万开云"，即万州、开州、云阳县板块。
② "中国烤鱼之乡"，指在2018年5月举行的第二届重庆厨师节上，万州区被中国烹饪协会授予"中国烤鱼之乡"称号。
③ "中国曲艺之乡"，指2020年10月，中国曲艺家协会授予重庆市万州区"中国曲艺之乡"称号。

盆中赋

盆中者，遂宁市全域①也！观音故里，灵泉道场。涪水潋滟，诗酒之乡。川中第一峰，三大自然景观灵秀宜人；敕赐广德寺，"四国文印"统领三省庙堂②。宋瓷博物馆，龙泉青瓷琳琅满目；码头犀牛堤，落霞孤鹜碧波荡漾。六朵金花③纯，"舍得"品牌诞生柳树沱；汉魏风骨具，唐诗新风文宗陈子昂。清代蜀中三才子，问陶端淑李调元④；《烟波谁识旧船山》，李白再现享荣光。金湖浩淼平波，读书台名垂千古；石刻"蔚蓝洞天"，黄庭坚笔雄韵畅。

遂州英才高地，使命重在实践；涪江财富汇聚，征程全靠担当。致力"百千万"三大工程⑤，项目引领风正劲；提升中长远六大行动⑥，创新作为步铿锵。梦幻世界，大英死海誉享北纬三十度；时尚康体，漂浮盐疗体

①"遂宁市全域"，包括船山、安居两区，蓬溪、大英两县和射洪市（县级）。
②"'四国文印'统领三省庙堂"：明武宗为了便于管理西南地区的寺庙，特向广德寺赐"四国文王印"，其上刻有汉字、缅甸文、僧伽罗文和巴利文之拉丁文四种文字，以统领川、滇、黔大小寺院。
③"六朵金花"，指川酒中的六大品牌，即五粮液、泸州老窖、郎酒、剑南春、舍得、水井坊。
④"问陶端淑李调元"，分别指张问陶（1764年—1814年），字仲冶，号船山，四川遂宁船山区人，吏部尚书，诗人、书画家，为清代蜀中三才子之首；彭端淑（1699年—1779年），字乐斋，号仪一，四川丹陵人，清代官员，文学家，清代蜀中三才子之一；李调元（1734年—1802年），字羡堂，号雨村，四川罗江人，进士，戏剧理论家、诗人，清代蜀中三才子之一。
⑤"'百千万'三大工程"，指百户企业培育、千亿园区建设、万名人才集聚。
⑥"'中长远'六大行动"，指工业企业达标治理行动、扬尘污染整治行动、移动源污染整治行动、秸秆焚烧及综合利用行动、重污染天气应急行动、科技提升行动。

验消除亚健康。三水共治行动，减污修复保育自然资源；四好农村公路，建管护营促进交通共享。脱贫攻坚战如期收官，乡村振兴成势；培育"小巨人"[①]初心如磐，扬帆破浪启航。市校深度合作，"放管服"[②]满意度持续走高；市县绿道蜿蜒，幸福感获得感显著增强。提升运输能级，对接西部陆海新通道；链接名特优新，创建品牌园区志未央。

川中"红土地"兮，蓝天碧水万物维新；遂宁高新区兮，双联双拓全域开放。"菜篮子"示范片激发绿色动能，借力好政策；"遂宁鲜"农产品区域公共品牌，引来金凤凰。技改扩能，建设产业园数字经济研究院；延链布局，打造"5G+"综合应用示范场。"东数西算"[③]，数字价值提升；两图四库[④]，项目潮涌涪江。产业强链增效，高金绿色食品入选"贡嘎培优"[⑤]；创新聚智赋能，西南大学遂宁分院全新登场。区域协调，推进城乡建设一体发展；专注民生，笃定乡村振兴盛世康庄。牵手省内外，起势大于笔，时盛岁新；逐梦新征程，迈入深水区，再创辉煌。

---

① "小巨人"，指该企业寓专、精、特、新、链、品于一体，具有发展潜力、研发机构和自主知识产权等。
② "放管服"，指简政放权、放管结合、优化服务。
③ "东数西算"，指构建数据中心、云计算、大数据一体化新型算力网络体系，将东部的算力需求有序地引导到西部地区处理。
④ "两图四库"，两图，指产业招商地图、目标企业投资线路图；四库，即目标企业库、资源库、投资信息库、重点项目库。
⑤ "贡嘎培优"，指以蜀山之王"贡嘎"命名的培优计划，寓顶天立地之意。

　　争做先行者，主动融入成渝双核辐射带；肩负新使命，敢创国家物流枢纽新陆港。聚焦"双碳"目标，崇尚绿色制造；升腾"成渝之星"，高新产业为王。养心文旅名城，怡神强身健体休闲；建设"世界锂都"，龙争虎斗竞位夺榜。嘻嘻！涵养心忧天下的家国情怀，前景光明无限；笃行经世致用的价值追求，目标荡气回肠。伟哉！弘扬敢为人先的创业精神，鼓催征程今胜昔；壮哉！锤炼凝心聚力的赶超意识，奋揖向海慨而慷！

盆南赋

盆南者，叙永县也！扼川滇之咽喉，商旅孔道边陲重镇；控巴蜀之门户，革命老区千年名城。云贵高原过渡带，两国道^①纵贯县域全境；四渡赤水神穿插，纪念地缅怀工农红军。亭台交错坝上桃花坞，川南之节点；摩崖造像石岭清凉洞，鸡鸣三省闻。开凿江门峭峡，曹震^②疏浚永宁河；崎岖盐马古道，背夫壮歌山河铭。古朴春秋祠，五虎上将关羽千载享祭；彝人余建光^③，投身起义履职革命阵营。黔蜀分疆，"鱼凫关"状元杨慎命笔；古街蜿蜒，文农旅吸引南北嘉宾。

古代造纸工艺活化石，非遗传承有道；苗族刺绣蜡染踩花山，风姿绰约探春。咪苏唢呐铿锵悦耳，舞龙祭祀状物传神。百年古祠，述说西南联大春秋；叙永分校，血肉铸起钢铁长城。玲珑剔透，国家级文物清代石香炉；巍峨壮观，景德镇特制武庙瓷宝鼎。丹霞壮奇观，史前桫椤树广为分布；岩溶新地貌，怪异喀斯特独成风景。优质烟叶，漂洋过海远销欧美；山川竹海，速生丰产挺拔入云。红岩生贡茶，"千年老圌濡新

---

① "两国道"，指国道G321线和G352线。

② 曹震（？年—1393年），濠州（今安徽凤阳）人，明朝开国名将，封景川侯，1391年奉命疏浚永宁河以通槽运，凿石削岩以畅陆运。

③ 余健光（1891年—1919年），又名余祥辉，彝族，叙永潭乡人，历任中华革命党总务部第一局局长、湘西靖国联军前敌总指挥。

绿"；银毫披晨露，"万亩青波叠翠屏"。强化支撑体系，建立山地镇村生活圈；加快产业转型，打造川南民居特色镇。就地城镇化，集产业旅游于一体；防治石漠化，植林草覆盖满眼春。问鼎制造强县，做大名特优新竹产业；笃定工业立县，争当龙腾虎跃排头兵。四业①比翼发展大方向，引培并重；一带三区②白酒产业园，水起风生。

入选全国"幸福百县榜"，全域引领；驾驭大势奋进新时代，品牌支撑。南翼③通办④服务，城乡融合发展；园区孵化量产，五大基地⑤共兴。四大百亿产业兮，延链补链强链；文旅深度融合兮，赤韵清韵竹韵。红色旅游，火红岁月淬炼；生态摩尼⑥，体验康体养生。长乐溶洞，打造四季温泉；县域资源，致力乡村振兴。噫嘻！果断谋事中长远，掘出幸福泉；按下干事"快进键"，目标破坚冰；跑出成事"加速度"，击鼓长歌行。期矣！善打"整体战"，把握两个百年奋斗之历史交汇期；盼矣！亮出"组合拳"，着眼一体两翼大手笔崛起卫星城；壮矣！会奏"交响乐"，加速三区⑦联动高质量绿色新长征。

---

① "四业"，指康养文旅产业、新材料产业、新能源产业和农副产品加工业。
② "一带三区"，指赤水河源头优质酱酒产业带、南部洞酿洞藏示范区、中部酒业综合配套区、北部酒庄酒旅融合体验区。
③ "南翼"，指泸州市区划以江阳、龙马潭、纳溪（三区）为一体，以泸县、合江（两县）为东翼，以叙永、古蔺（两县）为南翼。
④ "通办"，指泸州市南翼叙永、古蔺两县一系列高频政务服务事项，通过"全程网办""异地代收代办""两地联办"等方式，实现异地办理。
⑤ "五大基地"，指清洁能源供应基地、建材原料基地、特色农副产品加工基地、避暑康养目的地、劳务输出基地。
⑥ "生态摩尼"，指四川省泸州市叙永县的摩尼镇，它以优美的自然生态环境和宜人的气候条件而著称，被评为"四川生态气候标志"，并被誉为"云上古道康养地"。
⑦ "三区"，指叙永江门农副产品加工集中区、龙凤中小企业创业与服务区、正东建材工业集中区。

盆西赋

盆西者，雅安市县区部分^①也！温润天府，西蜀雅安，沫河羌江^②，山横水远。茂林修竹，逶迤千山万水；云淡风轻，吹拂如玉碧蓝。与天地对话达瓦更扎^③，揽四季风光牛背群山。神仙梁子^④磅礴蜀山之王，龟都^⑤离堆通正江河安澜。一片茶叶，浸染绿韵墨魂；一抹古道，斜阳锅庄驿站；一段历史，回望西康过往；一条天路，汉藏民族情牵。

神秘麦坪^⑥，耀夺三星光芒；秦砖汉瓦，诉说雨城芦山。边塞激荡，人文积淀。赋绝汉代，相如持节抚夷；物阜严道，邓通采铜铸钱。何君圣手碑铭，阁道高危；翼王慷慨悲歌，遗恨石棉^⑦。仰汉碑汉阙，栉沐千秋风雨；掘富林文化^⑧，越古穿今万年。黎文化，源自北周武帝天和；雅文化，

---

① "雅安市县区部分"，指雅安市北部雨城、名山（两区）；天全、芦山、宝兴、荥经（四县）部分地域。

② "沫河羌江"，指流经雅安市区的青衣江，它最终汇入大渡河。

③ "达瓦更扎"，位于四川省雅安市宝兴县碛碛藏族乡嘎日村境内，海拔约3900 m，属于邛崃山脉，地势北高南低，视野开阔，被誉为"亚洲通达最好的360°观景平台"。

④ "神仙梁子"，指雅安南部高山神仙梁子，海拔5793 m（最高）。

⑤ "龟都"，指今雅安市雨城区东南草坝镇水口村，是秦代李冰治水的地方，海拔516 m（最低）。

⑥ "麦坪"，指麦坪遗址，它是四川地区新近发现的一个不同于成都平原三星堆和十二桥金沙文化的一处史前文明遗址，位于雅安市汉源县，距今4500年到2500年，规模堪比三星堆。

⑦ "遗恨石棉"，指1863年5月，太平天国翼王石达开率部在今雅安石棉县安顺场全军覆没，留下千古遗恨。

⑧ "富林文化"，命名源自1960年在四川省汉源县富林镇考古确认的旧石器时代晚期古人类遗址，距今约2万年，1977年由中国科学院古脊椎动物与古人类研究所张森水教授建议命此名。

起于隋朝仁寿四年①。禅茶一味，守护西汉茶祖圣山②；国宝熊猫，折桂世界自然遗产；黑砂古韵，星火泼彩媲美紫砂；红军精神，热血铸就薪火相传。雷简夫③慧眼三荐"三苏"；吴之英经世维新呐喊；乐以琴长空滴血杀寇；刘文辉义举彭县通电。大众知音何谷天才华横溢；思想篆刻家邓德业文艺非凡。立四川示范性高职院校④；具川农国家级"211"重点。"老三雅"⑤吸纳天地灵气；"新三雅"⑥催生特色发展。音乐石梯，奏出人生跌宕乐章；灵泉奇石，璀璨南北史实奇观。

---

①黎州，北周置州，始建于公元568年，隋废，武周复置，治所曾在今汉源；雅州，隋置州，始建于公元604年，以严道（今雅安）为治所，有"川西咽喉""西藏门户""民族走廊"之称。黎文化早于雅文化36年。

②"茶祖圣山"，指蒙顶山是世界茶文明的发祥地、世界茶文化的发源地、世界茶文化圣山（据《世界茶文化蒙顶山宣言》2004）。首届蒙顶山国际禅茶大会于2017年3月27日在蒙顶山举办。

③雷简夫（1001年—1067年），字太简，同州郃阳县（今陕西省合阳县城关镇雷家洼村）人，北宋大臣，曾治理雅州，结识苏洵，教导苏轼、苏辙兄弟，并向欧阳修、韩琦等人推荐三苏父子，使其脱颖而出。

④指雅安职业技术学院。

⑤"老三雅"，即雅雨、雅鱼、雅女。

⑥"新三雅"，即大熊猫、雅茶、雅石。

响雷霆于地震，铭记忆于芦山，五载两遭浩劫①，雅安凤凰涅槃。抗震救灾铸就城乡大梦想，精准扶贫涌现脱贫新状元。凝聚赶超之心，破釜沉舟；不坠青云之志，穷且益坚。八大行动②，推进全域生态文明振兴；六大工程③，示范绿色产业初心拳拳。三条百万亩乡村振兴产业带④，特色打造；三项国家级非物质文化遗产⑤，启后承前。文化旅游合璧，大有可为；绿美雅安本底，五彩斑斓；医疗康养中心，民生福祉；熊猫文化联盟，敢为人先。水韵天成，大兴滨江文化廊带比翼；三山环线，串起三市优质旅游资源⑥。创新接力，国际大熊猫会展中心；后发赶超，川西大数据产业领先。蒙顶名茶，喜获"中国十大茶叶品牌"盛誉；生态雅安，荣膺"中国十大魅力城市"桂冠。蝉联国家级多项大奖称谓，北纬三十度小城七秩巨变。

噫嘻！百年风云，思绪万千。三千年读史，不外王朝更替；九万里悟道，唯须三教释然。自信可期，自乐眉雅城际高铁指日可待；联谊共融，茶马古道藏茶文旅节庆互鉴。精神愉悦之殿堂，心灵沉淀之港湾。天长地久兮，唯钟声恒定时辰；励精图治兮，赖钟声预警大安。初心不忘，江河风乍起；百尺竿头，弹指一挥间。众志成城，富强不远；砥砺奋进，千秋雅安！

---

① "五载两遭浩劫"，指2008年"5.12汶川地震"（8.0级）和2013年"4.20雅安芦山地震"（7.0级），雅安均为重灾区。
② "八大行动"，即绿美生态、飞地经济、全域旅游、千亿产业、东进融入、交通通达、五美乡村、民生福祉。
③ "六大工程"，即区域协同发展、绿美生态提升、绿色产业振兴、美丽乡村建设、开放创新驱动、发展成果惠民。
④ "三条百万亩乡村振兴产业带"，指茶叶、果药、果蔬三条农旅经济廊带。
⑤ "三项国家级非物质文化遗产"，指南路边茶制作技艺、硗碛多声部民歌、荥经砂器烧制技艺。
⑥ "串起三市优质旅游资源"，指构建乐山市的峨眉山、眉山市的瓦屋山、雅安市的周公山为一体的大峨眉精品旅游环线。

盆北赋

盆北者，广元市县区①也。川北门户，蜀道咽喉；女皇故里，汉水嘉陵。三足鼎立，苴国始于东周；川峡四路，遂成四川之名。学统世家，谯议郎②忠良高洁传千古；大周武皇，无字碑风云历史自鉴评。剑阁鹤鸣山"三绝"③，颜真卿书摩崖石刻；唐玄宗避难幸蜀，"朝天"之名始得新生。居川甘陕之要冲，水陆齐头并进；扬红四军之勇毅，北上救亡图存。成渝潮流新地标，国家4A级旅游景区；蜀汉官道翠云廊，文化三元汇④溯源逐本。

"上有六龙回日之高标"，张飞柏千年不倒；"下有冲波逆折之回川"，剑门关虎跃龙腾。古蜀栈道，凸现三国历史文化核心走廊；"大哉乾元"，"三线建设"千军万马不忘初心。三级文旅产业园，保育开发古城昭化；山水原乡曾家山，挖掘独特乡土心魂。麻柳刺绣，山妹织嫁衣全神贯注；李家狮舞，鼓乐迎吉祥山乡振奋；平溪傩戏，木牛推新娘精彩绝

---

① "广元市县区"，指广元市盆北三区——朝天、利州、昭化全域，四县——旺苍、青川、剑阁和苍溪（部分）。

② 谯玄（约公元前45年—公元35年），字君黄，又作谯元，巴郡阆中人，生于今四川省广元市苍溪县白驿镇谯坝村，汉成帝时入朝被授议郎，官至中散大夫。《华阳国志》称谯玄为"高洁"之士。

③ "剑阁鹤鸣山'三绝'"，即唐代道教造像群、晚唐诗人李商隐撰《剑州重阳亭铭》碑、宋代翻刻颜真卿书《大唐中兴颂》摩崖碑。

④ "文化三元汇"，指以成都为中心的蜀汉文化，以兰州为中心的丝绸文化和以西安为中心的关中文化。

伦。山路峭变通途欢，游客强身健体；桑梓情变乡愁韵，城乡文以养心。山中草变养身宝，适时食药调理；农林事变乡野趣，应季养性修真。川北最大的菜篮子，绿色蔬菜远销川渝陕甘；广元可口的"三剑客"[①]，益脾和胃深得大众欢迎。赏石林石芽石笋石花，溶洞王国惊奇险；游石海草海云海雪海，林海仙乡味独珍。

蜀道英才工程，历届严格遴选惟独门绝技；白花石刻艺术[②]，国家四大名刻列非遗产品。全国绿色金融创新试点，补齐民生短板；天府信用通信服务平台，保障事业诚信。立足自身挖潜力，做强经济增长"稳压器"；瞄准大势借东风，聚焦项目投建全流程。有志归雁，带来强劲生命活力；"水陆空网"[③]，打造立体幸福乡村。三园联动，推进农业精品提质增效；

---

① 广元可口的"三剑客"，指甘蓝、胡萝卜、花椰菜。
② "白花石刻艺术"，指广元白花石刻作为四川名特产品，是中国四大石刻之一，列入第二批国家级非物质文化遗产保护名录。
③ "水陆空网"，指水中养鱼、地里种菌（药）、空中飞蜂、网络电商。

四级同构，加快朝天果业突飞猛进。"四好农村路"，发展壮大村级集体经济；亩均论英雄，富硒茶园镶嵌绿满乡村。三权分置①兮，手上有招让幸福指数更高；三大转变②兮，心中有底督产业流金淌银。

风险管控，狠刹散乱污回潮蛛丝马迹；隐患排查，严防直燃煤烟霾庭院乡邻。常践致富经培育拳头产品，广元有机七绝③；筑牢嘉陵江上游生态屏障，赓续环境革命。噫嘻！着力技术叠加，组合优的融合平台；创构裂变格局，把握量的持久增进；笃定突围战略，实现质的可控飙升。壮哉！祝愿谋定快动只争朝夕，同心协力者胜；盼哉！切望追赶跨越"向新"发展，同舟共济者赢。

---

① "三权分置"，即集体所有权、农户承包权、经营者使用权分置并行。
② "三大转变"，指广元制造向创造转变，广元速度向质量转变，广元产品向品牌转变。
③ "广元有机七绝"，即苍溪红心猕猴桃和雪梨、米仓山富硒锌绿茶、青川黑木耳、朝天核桃、剑门关豆腐、广元油橄榄。

千秋四川赋

卷三

人文辑

文翁赋

首位先生曰孔子，《论语》思想传天下贯寰宇；第一校长名文翁[①]，开创公学启民智育蜀人。千古一校，探赜索隐；扬辉千年，致远钩深。学徒鳞萃，蜀地比肩齐鲁；风雅英伟，著述出诸文心[②]。李冰劈江灌天府：深淘滩低作堰；文翁创学惠巴蜀：师道严学风正。勤以率先，居以廉平。官学发轫，守正创新。

承文翁教化，师表风高德厚；扬诲人先矗，生员学实践真。秉公执法，何武位列三公；淡泊名利，君平饱学深沉。卓文君，寄《白头吟》，名显华夏四大才女；陈子昂，登幽州台，终成文坛耀眼新星。张叔受业于京师，勤勉施教乐业终成扬州刺史；马扬襄助于石室，学风炳焕身正俨然玉壶冰心。湔水兮九分，赓续先贤江河治理经验；自省兮清廉，呕心培育通才干才良臣。扬鳖灵疏浚之道，细究旱涝时空；扩蒲阳引水渠

---

① 文翁（公元前187年—公元前110年），姓文名党，字仲翁，公学始祖，西汉舒县（今安徽舒城县）人，汉景帝末年为蜀郡太守，在任首创官学，教授学生，入学者免除徭役，成绩优良者补缺郡县官吏。文翁故后，汉平帝下诏建祠于文翁石室，成都建有多处文翁祠。2020年，文翁入选四川省第二批历史文化名人。

② "学徒鳞萃，蜀地比肩齐鲁；风雅英伟，著述出诸文心"，意指四川众多历史文化名人受教于文翁石室，其中包括司马相如、严君平、扬雄、王褒、李弘、林闾、何武、王延世等。

系，蜀郡水旱从人。慧眼独具，见微知著识英才；夙夜难寐，情系桑梓留政声。伟哉！文以载道，公学始祖践教化；雄哉！史以鉴今，汉代循吏列头名。

文翁化蜀，革故鼎新立信；世平道治，移风易俗转型。物阜民康，几多政坛翘楚；人寿年丰，几多业界精英。走出去，公派门生学成经史律令；引进来，高士贤达鱼贯锦水蓉城。育关键能力，有教无类传承者；办品质教育，蜀中英才半门生。"金日大平兮"①，万民景仰；蜀中繁荣兮，人文复兴。叹过往，"蜀地僻漏，有蛮夷风"；抓当下，文学精舍，盈读书声。郭沫若，少年求学石室明堂；彭家珍，虎穴扬威炸荟成仁。陶行知，当代雅称夫子；郭汝瑰，大隐情系苍生。少年立志存高远，平生锐意砺精神。绝哉！追求卓越，石室誉卓荦；

_____

① "金日大平兮"，指李翕《圻里桥郙阁颂》说："金日大平兮，文翁复存。"李翕（生卒不详），字伯都，东汉汉阳郡冀县（今甘肃甘谷）人，曾出任武都郡太守。

叹哉！彪炳千秋，大成耀古今。

嗟乎！承文翁治学之锦囊，启石室育人之寸心。一校两区三部①，张氏兄弟同步折桂于清华；一江两河春秋，熔铸学子攀登"双一流"②精神。石室中学领办成飞，三大导师团队③探索"五共"④新模式；眉中石中联姻结对，两地倾力打造成渝双核文教城。扬校风，求实务学文明向上；铭校训，修身自省报国利民。敬哉！仰文翁，蜀中巨擘永恒兮，黄钟大吕；壮哉！祝石室，拥抱伟大时代兮，"五育"⑤常青。

---

① "一校两区三部"，指成都石室中学现有文庙、北湖两个校区，建制包括初中部、高中部和国际部，共有学生5000人左右（含国际部340余人），教职工500余人。
② "双一流"，指世界一流大学和一流学科建设，这是中国高等教育领域的一项国家战略，旨在提升中国高等教育国际竞争力和综合实力。
③ "三大导师团队"，指行政团队、科学导师团队、班主任导师团队。
④ "五共"，指两校之间学校共治、学生共育、教师共培、课堂共享、资源共用。
⑤ "五育"，指德育、智育、体育、美育、劳育。

夫诸葛亮①者，千年智圣化身也！少有逸群之才，常具英霸之尊。著述《琴经》②，操弄七弦动天地；精通音律，鼓抚好为《梁父吟》。慧眼擅画，《神龙生夷图》列上古；构图宏伟，气势磅礴显隐画魂。传家书以"章草"，笔韵间疏密布局有致；篆隶书八分体，铭鼎于成都昭告神灵。《诫子书》，非淡泊无以明志；《远涉帖》，唯书圣临摹出新。

"诸葛一生唯谨慎"，天生奇才任纵横。深藏文韬武略，隆中擘画评天下；抚古琴于城楼，仲达奔袭惧空城。"三分"出山前，草庐深处育先知；"八阵"躬耕后，风沙呼啸困陆逊。三把火吞云吐雾，奇谋泉涌；七擒纵感天动地，德服边民。忠君报国，匡扶社稷抚边陲；俯首躬行，休士劝农③慰苍生。创制木牛流马，翻山越岭如履平地；革新诸葛连弩，十箭

①诸葛亮（181年—234年），字孔明，号卧龙，琅琊阳都（今山东沂南）人，三国时期蜀汉丞相，杰出的政治家、军事家、文学家、书法家、发明家，世人誉为"智圣"。
②《琴经》，传三国时期蜀汉丞相诸葛亮著，主要讲制琴的起源和七弦之音与十三徽象征的意义，已散佚。
③"休士劝农"，蜀汉政权在汉中屯垦期间，诸葛亮充分利用当地的经济条件，因地制宜实行一系列发展农业生产的有效措施，修建了众多的水利工程，其中著名的有"山河堰"，这座历经千年的水利工程，至今仍是汉中地区灌溉面积最大的工程之一。

齐发快似流星。运筹帷幄中，挥师数载雄风起；决胜千里外，羽扇轻摇几远征。

六出伐中原，破曹魏大军以攻代守；两表酬三顾，铸蜀汉金瓯沥血呕心。前则扬幡于长江，逆隆冬之风向；后则饮马于渭水，移五行之本性。"吾头尚在否"？死诸葛吓退生仲达；阵前斩爱将！马幼常骄兵失街亭。尽忠失时者，虽仇必赏，才大器宏；犯戒怠慢者，虽亲必罚，法度严明。服罪输情者，虽重必释，仙人指路；游辞巧饰者，虽轻必戮，公心正大。深居相府，谈笑间妙计安天下；增灶退兵，倏忽里从容戏都军。哀哉！襄星黄土台，步罡踏斗，冀再报知遇之恩；惜哉！魂断定军山，苦心孤诣，盼蜀汉国祚永存。"门额大书昭烈庙①"，千百载祭天祭地祭忠贤；"世人都道武侯祠"，新时代履践致远铭圣人。

　　读国史遥想锦囊之妙计，观阵图犹闻铁骑之嘶鸣。屋漏在下，效尤上乱岂有宁日？止乱在上，上正下顺鬼伏神钦。降"勇廉平忍宽"②以正士气，治三军严；效"仁义礼智信"以匡社稷，铸蜀汉魂。善无微而不赏，庶事精练；恶无纤而不贬，物理其根。嗟呼！水镜之所以正衣冠而无偏者，以其无私也！日月之所以恒升降而无悔者，以其奉公也！伟哉！"一诗二表三分鼎"③，非诸葛莫属；雄哉！"万古千秋五丈原"，惟蜀汉孔明。

---

①昭烈庙，即汉昭烈庙，今习惯称武侯祠，始建于蜀汉章武元年（221年），庙旁有惠陵。南北朝在同区建纪念诸葛亮的专祠，即武侯祠，亦称孔明庙、诸葛祠、丞相祠等，后合并为君臣合祀祠庙。武侯祠是全国唯一的一座君臣（刘备、诸葛亮）合祀祠堂且与陵园合一的名胜古迹，系第一批全国重点文物保护单位。
②"勇廉平忍宽"，代指诸葛亮用人十五法，即勇、廉、平、忍、宽、虑、洁、信、教、明、谨、仁、忠、分、谋。
③"一诗二表三分鼎"：一诗，指《梁父吟》；二表，即前后《出师表》；三分鼎，指诸葛亮帮助刘备，最终形成三国鼎立的局面。

李白赋

　　夫李白①者，蜀郡昌隆县青莲人也！承前启后，壮游诗人的如炬慧眼；豪侠率直，磅礴跌宕的传奇人生。昌明小河畔，矗立李白纪念馆②；诗韵咏流传，江山胜迹陶性情。五岁诵六甲，天资聪慧；十岁观百家，赋诗著文。隐居大匡山，"已将书剑许明时"；铁杵磨针处，研墨洗砚蒲花井。鲜衣怒马好剑术，仗剑去国；翩若惊鸿喜任侠，远游辞亲。

　　寓居白兆山，"代寿山答孟少府"；推崇孟夫子③，风流倜傥天下闻。春风夜放时，欲登庐山先纵酒；桃红花飞处，踏歌送别《赠汪伦》。兖州初识杜甫，"醉眠秋共被"；文坛双曜相会，"携手日同行"。《蜀道难》④，游目骋怀崔嵬剑门关；

---

①李白（701年—762年），字太白，号青莲居士，又号"谪仙人"，蜀郡绵州昌隆县（今四川省绵阳市江油市青莲乡）人，又说生于碎叶城（今吉尔吉斯斯坦托克马克市附近），我国唐代伟大的浪漫主义诗人，被后人尊称为"诗仙""诗侠"。

②李白纪念馆，位于四川省江油市，1962年筹建，1982正式对外开放，2009年被中共中央宣传部命名为全国爱国主义教育示范基地，为国家4A级旅游风景区。

③"孟夫子"，即孟浩然（689年—740年），字浩然，号孟山人，襄州襄阳（今湖北襄阳）人，唐代著名的山水田园派诗人，世称"孟襄阳"，因未曾入仕，又称之为"孟山人"。

④《蜀道难》，是李白充满浪漫主义色彩和深刻思想内涵的代表作之一，以其瑰丽的色彩、奇幻的意境和磅礴的气势，展现了蜀道的艰险与壮丽，同时也寄托了诗人对友人的关怀和对社会的忧虑。

"谪仙人"，金龟换酒惊倒贺季真^①。奉诏进宫，唐玄宗降辇步迎；赐食宝床，李隆基亲手调羹。问以天下时务，白成竹在胸对答如流；圣上赞誉有加，封赐宫锦袍供奉翰林。醉草《吓蛮书》^②，大唐开元皇帝诏谕渤海可毒；立成《清平调》，天子吹笛梨园弟子丝竹并进。不畏权豪势要，蔑视封建等级制度；性格伟岸不屈，一生羞于阿谀逢迎。"饮中八仙"^③，李太白长安街市酒家眠；"盛唐三星"^④，裴说论文星酒星草书星。崔颢诗绝，

①贺季真，即贺知章（约659年—约744年），字季真，晚年自号四明狂客、秘书外监，越州永兴（今浙江省杭州市萧山区）人，唐代诗人、书法家。
②"醉草《吓蛮书》"：据传唐开元年间，渤海国派使者携国书遣唐，称要与大唐开战并要求唐割让领土。国书用渤海国文字书写，唐满朝文武皆无人能懂，外交陷入僵局。李白应召上殿，迅速识别并朗读了国书内容。玄宗命其起草回书。李白请允酒后执笔，帝许。李白随趁醉挥毫写就番文版回书并当众朗读出来，渤海国使者吓得面如土色，仓皇逃离。
③"饮中八仙"，指唐代嗜酒好仙的八位学者名人，即贺知章、李适之、李琎、崔宗之、苏晋、李白、张旭、焦遂。
④"盛唐三星"，是唐末状元裴说对"文星"杜甫（712年—770年）、"酒星"李白与"草书星"怀素（737年—799年）三位杰出人物的赞誉。

黄鹤楼前愧搁笔；张旭狂草，不羁豪情能几人？

南穷苍梧，八十名山留仙迹；东涉冥海，大鹏一赋天地崩。揖首低眉，凭吊贺公怀旧迹；兰亭凝步，徜徉山水乐天真。评文论诗，李白杜甫高适①；借古喻今，忧国忧民忧君。《将进酒》，会稽相约元丹丘；诗送别，静湖携手孔参军。洞幽察微，忧国是禄山将乱帝国危；别具慧眼，怀天下黎庶疾苦真性情。应邀永王府，力劝勤王灭贼终无果；流放夜郎道，获释爽赋《早发白帝城》。叹哉！"笑谈安黎元"？瑰玮姿态空自诩；惜哉！"终于安社稷"？凌云壮志意难平。"清水出芙蓉"，承子昂文学之主张；"天然去雕饰"，复诗骚传统为己任。兼长五绝并七绝，满腔醍醐语；赞美名山与大川，入木犹三分。移情于物，大胆夸张与鲜明对比"吟留别"②；将物喻人，艺术反差与艺术效果壮"歌行"③。

汇泻川流，愿为江山开生面；吐纳风云，早将文旅付青春。明白如话，崇尚高逸豪放不拘声律；通俗生动，讽刺邯郸学步东施效颦。诗歌风格雄奇奔放，"笔落惊风雨"；体裁俊逸奇妙浪漫，"诗成惊鬼神"。想象比兴神似，语风尚轻快；抒情率性穿越，立意皆清新。妙哉！雅意流转自然，色彩瑰玮绚烂；绝哉！音韵和谐多变，敢破敢立标新。开一代诗风，黄钟大吕；显诗仙神采，震古烁今。

---

①高适（704年—765年），字达夫，渤海蓨（今河北景县）人，唐中期名臣，官至散骑常侍，封渤海侯，盛唐著名边塞诗人。
②"吟留别"，指李白所作《梦游天姥吟留别》。
③"歌行"，指李白所作《草书歌行》。

百万年的人类史，三构架道德精神物质；一万年的文化史，三朝代②封邦建国起步；五千年的文明史，三标准③界定发源基础。唐代伟大的现实主义诗人，诗中之圣哲；中华殿堂级诗歌标志人物，龙飞兮凤翥。诗歌之源泉，唯仁爱与情真；创作之动力，鉴民风与时局。纯正的思想感情，亲民爱民体民；

①杜甫（712年—770年），字子美，自号少陵野老，祖籍襄阳（今属湖北），随其曾祖迁入巩县（今河南巩义西南）。后世称杜甫为杜拾遗、杜工部，也称他为杜少陵。他是我国唐代伟大的现实主义诗人，有"诗圣"的美誉，其作品被称为"诗史"。

②"三朝代"，指夏、商、周。

③"三标准"，指语言和符号系统，城市和城市化布局，以及专业分工和交易网络。

严谨的条理结构,诗史洗练含蓄。"李杜文章在",感染力彰神韵风采;"光焰万丈长",表现力酿千古名句。

"七龄思即壮",年少成名于博览;"致君尧舜上",高视阔步于执著。看公孙大娘舞剑,深铭出神入化;听龟年长歌吹筚,犹记技巧特殊。赏吴道子"五圣尊容",《画鹰》凌壮志;享大平原"裘马轻狂",《望岳》展抱负。少年游历齐赵,洛阳应试不第;中年入考长安,无缘名列翘楚。官场不合污,只身难敌社会危机;弃官遂漂泊,安史之乱地方割据。心系天下苍生,《北征》《春望》悲戚山河破碎;胸怀家国兴衰,《三吏》《三别》痛陈民间疾苦。忧愤深广,热心肠为民倾情呐喊;疾恶如仇,重笔墨揭批官吏庸腐。一生颠沛流离,携其家而入于蜀;草堂①屡毁屡建,"思其人而成其处"。浣溪茅屋破,"安得广厦千万间";"花重锦官城",早有子美鼓与呼。

简洁的文学气韵,深刻洞察历史与现实;强烈的抒情色彩,情绪顿挫沉郁与孤独;鲜明的社会意义,篇章富蕴时代与民族。感伤时势,"挥涕恋行在";怅恨别离,"道途犹恍惚"。托感于景,"两个黄鹂鸣翠柳";工巧自然,"语不惊人死不休"。诗性曲折,发悲天悯人之情怀;出手不凡,著《登高》冠唐之七律。望断故国归鸿,何日河清海晏?诀

---

① "草堂",即杜甫草堂,唐代大诗人杜甫流寓成都时的故居(现为成都杜甫草堂博物馆),位于浣花溪旁。杜甫先后在此居住近四年,创作诗歌240余首。唐末诗人韦庄寻得草堂遗址,重结茅屋,使之得以保存,宋、元、明、清历代都有修葺扩建,1961年列为全国首批重点文物保护单位。

别红尘紫陌，何惧筚路蓝缕。大"李杜"，诗仙诗圣誉享海内外；小"李杜"①，《无题》《遣怀》横扫晚唐暮。谈笑间，曲折委婉起伏跌宕；时光里，抒情议论熔于一炉。"诚以足风雨"，古典诗歌艺术之高峰；"呜呼诗人师"，杜甫吟哦独特之艺术。

文以载道②，李杜诗歌鬼神钦；书以焕彩，二王③书法交响曲。伟人莅临参观④，深析杜诗格高；文物国保重点，重建千年茅屋。川西民居造型，彰显浣花风流；古典园林氛围，凸显大雅古朴。少陵草堂碑刻亭，意重千钧；杜诗书法木刻廊，力透风骨。为文化进步寻根，抒自强不息之情怀；为社会发展蓄力，绘励精图治之蓝图；为民族复兴奠基，举初心如磐之镰斧⑤。伟哉！大中华立巨人之肩，凝聚精气神；雄哉！新时代续文脉基因，熔铸红旗谱。

---

① "小李杜"，指李商隐和杜牧。李商隐（约813年—约858年），字义山，号玉谿生，又号樊南生，原籍怀州河内（今河南沁阳市）人，后随祖辈移居荥阳，被誉为晚唐最出色的诗人之一。杜牧（803年—852年），字牧之，京兆万年（今陕西省西安市）人，唐朝著名诗人、文学家。
② "文以载道"，该观念最早可追溯到先秦诸子百家，其中儒家主张教化，认为文学应多承担起社会责任，服务于大众。
③ "二王"，指王羲之、王献之。
④ "伟人莅临参观"，指1958年3月7日，毛泽东同志在"成都会议"期间，参观了杜甫草堂。
⑤ "镰斧"，在这里特指中国共产党党旗上的镰刀和斧头，意指要时刻保持共产党员的初心使命。

苏轼赋

　　眉山巍巍，饮清风而抱明月；青衣汤汤，抒豪情以肩道义。诗入市井，自然天成；词出法度，并称"苏辛"①；文章新奇，媲美韩愈；赋达玄理，莫测高深。"发奋识遍天下字"，树"三有"②向范滂③看齐；"立志读尽人间书"，践"三要"④以强民固本。三苏故里，蕴家风家教之灵气；东坡思想，集传统文化之大成。一门三词客，子瞻独辟清旷一派；唐宋八大家，东坡博涉儒道禅林。

　　幽默乐天派，处逆境随遇而安不自弃；巨儒政治家，重民本躬身入世"智多星"。保徐州，领御洪之师通宵达旦；知杭州，施治水良策苏堤长青；贬惠州，兴桥梁方便南来北往；悟

---

① "苏辛"，即苏轼和辛弃疾。苏轼（1037年—1101年），字子瞻，又字和仲，号铁冠道人、东坡居士，世称苏东坡、苏仙、坡仙，眉州眉山（今四川省眉山市）人，北宋著名文学家、书法家、美食家、画家，位列"唐宋八大家"。辛弃疾（1140年—1207年），原字坦夫，中年后别号稼轩，山东东路济南府历城县（今山东省济南市历城区）人，南宋著名爱国将领、文学家，豪放派词人，有"词中之龙"之称。
② "三有"，指苏轼一生有三大目标：艺术的创作冲动、善善恶恶的道德勇气、关心民众苦难的善念。
③ 范滂（137年—169年），字孟博，出生于汝南郡征羌县（今河南漯河市召陵区青年镇砖桥村），东汉时期大臣、名士，他为官清廉正直、不畏奸佞、嫉恶如仇，被视为忠直之士的楷模。
④ "三要"，指为人处事：一要自在消遥，随缘旷达，坚持凡心；二要不断地学习人生智慧，培养慈悲心并持之以恒地进行修行实践；三要摒除杂念，在喧哗中也能得到顿悟。

黄州，居雪堂"适意"①泼墨雄文。两赋一词一帖②，千古风流

有几？人生三起三落③，君子特立独行。邀朋煮酒，躬耕稼穑不

失诙谐劲；携友漫游，顺风逆水永葆求索心。诗意栖居，以安

---

① "适意"，出自苏轼的《雪堂记》，创作于"乌台诗案"后被贬黄州期
间，其时虽生活艰难，但他并未消沉，反而积极面对困境，深刻反映了他"心
静则得，心动则失，不求名利，但求适意"的人生哲学和生活态度。
② "两赋一词一帖"，指苏轼所著前《赤壁赋》、后《赤壁赋》、《念奴
娇·赤壁怀古》以及《黄州寒食帖》。
③ "人生三起三落"，特指苏轼曲折的人生经历。一起：步入仕途；一落：
大难临头。二起：东山再起；二落：知难而退。三起：再回朝廷；三落：一贬
再贬。

时处顺化解不如意；《超然台记》，效心理自救调适生活经。免除民欠以"匡时世"；上陈万言以明是非；力主法度以"存纲纪"；倾听民声以体民情。脚步无问西东，日月不负强与弱；岁月自成芳华，时光不薄恒与韧。人品文品官品，品高德见；良心民心社稷心，心系君明。

嗟乎！试"看千骑卷平冈"，陷阵冲锋；可"挽雕弓射天狼"，壮志凌云。登其高，极目望其远，词开豪放；守其正，夙夜精其要，古文革新。忠信渗透骨髓，忧君泽民；道义昭彰天地，忘命舍身。"欧苏"①流芳，铸就文艺巨匠；"苏黄米蔡"②，书道各显其魂。行书敦厚飘逸，与"王颜"③比肩；写意枯木竹石，著《画论》立新。胸存书万卷，"只缘身在此山中"；笔无半点尘，凭吊赤壁周公瑾。寄生活于风雨，旷达是一种情怀；奉襟怀于桑梓，忧乐是一种人生；失岁月于道路，沉浮是一种过往；困命运于党争，淡定是一种自省。

伟哉！人天共仰，凤凰已涅槃；壮哉！日月同光，为国可

---

① "欧苏"，指欧阳修和苏轼。欧阳修（1007年—1072年），字永叔，号醉翁，晚号六一居士，江南西路吉州庐陵永丰（今江西省吉安市永丰县）人，北宋政治家、文学家、史学家，名列"唐宋八大家"。
② "苏黄米蔡"，北宋时期苏轼、黄庭坚、米芾和蔡襄四位书法家的合称。其中：黄庭坚（1045年—1105年），字鲁直，号山谷道人，后世称黄山谷，晚号涪翁，洪州分宁（今江西修水）人，北宋诗人、书法家；米芾（1051年—1107年），字元章，号襄阳漫士、海岳外史、鹿门居士，北宋著名书画家、鉴定家、收藏家；蔡襄（1012年—1067年），字君谟，兴化（今福建仙游）人，北宋著名书法家。
③ "王颜"，指王羲之和颜真卿。王羲之（321年—379年或303年—361年），字逸少，世称王右军，琅邪（今山东省临沂市）人，后移居会稽山阴（今浙江省绍兴市），东晋时期大臣、文学家、书法家。颜真卿（709年—784年），字清臣，小名羡门子，别号应方，京兆万年（今陕西省西安市）人，祖籍琅玡临沂（今山东省临沂市），唐朝名臣、书法家。

舍命。传承东坡文化，奋厉当先；传播东坡品牌，爱国为民；传递东坡价值①，使命如金。东坡价值目标，报国之心死而后已；东坡价值理念，勇于担当善作善成；东坡价值规范，美美与共和谐和平。绝哉！繁荣文化事业，承百代之流；妙哉！提升文化品位，聚当世之盛。善哉！发展文化产业，活古之规矩；雄哉！致力文化强国，开今之长春。

---

① "东坡价值"，体现在文化、历史、文学、艺术以及精神内涵（仁爱、创新、乐观、平衡）等多个方面，业已成为中华优秀传统文化的重要组成部分，对于传承和弘扬中华优秀传统文化具有重要意义。

郭沫若① 赋

沫水钟灵，开贞新诗开宗名世；绥山毓秀，鼎堂成就名垂青史。赴日学医，呼吁组织抵日爱国社团；弃医从文，诗作史剧多种相继出版。革命低潮期慧眼独具，瑞金入党；心系大中华滴血山河，归国抗战。文学奇才，通今博古字史诗文；革命斗士，挥笔讨贼别妇抛雏；文坛领袖，借史喻今昭示镜鉴。致力风雅颂，箴言献策着眼开来继往；师表文艺界，沧海横流尽显大家风范。

"甲骨四堂"②，中华文脉索源探迹引领者；"鲁郭"③

---

①郭沫若（1892年—1978年），原名郭开贞，字鼎堂，号尚武，四川乐山沙湾人，曾任政务院副总理、文化教育委员会主任、中国科学院院长、中国科学技术大学校长，全国文联一、二、三届主席，是中国新诗歌运动的奠基者、中国现代杰出的文学家、诗人、剧作家、历史学家、考古学家、古文字学家、思想家、书法家、政治家。

②"甲骨四堂"，指中国近代四位研究甲骨文的著名学者，分别是罗振玉（号雪堂）、王国维（号观堂）、郭沫若（字鼎堂）、董作宾（字彦堂）。这四位学者在甲骨文研究领域做出了卓越的贡献，为后世的研究奠定了坚实的基础。

③"鲁郭"，指鲁迅和郭沫若两位中国现代文学的重要人物。郭沫若是中国现代文学的重要奠基人之一，是继鲁迅后中国文化战线上的又一面光辉旗帜。两人在文学和学术上都有卓越的成就。

双星，二十世纪文艺创新弄潮儿。自撰《革命春秋》，斥蒋檄文激发仁人志士；著述《天地玄黄》，直剖时局警惕"再发寒战"。历史剧《蔡文姬》，匠心创作传佳话；捉刀笔《续汉书》，女承父业效"马班"①。以抒情诗联结剧情，铺排《棠棣之花》；为歌舞剧营造氛围，窃符义薄云天。信陵君救赵，知其不可为而为之；历史剧《屈原》，杀身以成仁而无怨。开放式线条式团块式，用心别致以戏剧创作；或倒叙或正叙或插叙，中西结合以破常"出圈"。挖掘生命哲学之精髓，唤醒宇宙精灵；律合奔腾不息之进取，催生凤凰涅槃。涵养圆满自我之人格，崇拜生命张力；呼唤尽善尽美之秩序，追求重塑江山。

以文卫国的先哲，执掌中国文联卅春秋②；兴亡成败的点评，奋笔长祭甲申三百年。写现实与宇宙，打破传统句式或格律；论个体与集体，一任心迹流淌或循环；叙波澜与烈火，主张"绝端自由"或"自主"③；评柔软与坚硬，审美意象高旷或绵远。雷电式的冷峻，映射同步犀利变迁史；火山式的热烈，彰显"生命写作"诗学观。既实事求是，衷心歌咏新中国；又

---

① "马班"，指司马迁、班固。司马迁（公元前145或公元前135年—？），字子长，中国西汉时期伟大的史学家、文学家、思想家，所著《史记》被誉为"史家之绝唱，无韵之离骚"，列为"二十四史""前四史"之首。班固（32年—92年），字孟坚，扶风安陵（今陕西省咸阳市）人，东汉史学家、文学家，著《汉书》，为"二十四史""前四史"之一。

② "执掌中国文联卅春秋"，指从新中国成立前夕至1978年春，郭沫若当选为第1~3届文联主席。

③ "'绝端自由'或'自主'"，指郭沫若在新诗的形式方面主张"绝端的自由"和"绝端的自主"，他认为诗歌不应该受到传统格律的束缚，而应该追求内在的情感表达和自然的韵律。

异想天开，把控精神原子弹。回环复沓，寓诗情于史笔；对仗整齐，塑灵魂于超然。内容直白，语言新颖奔腾；感情热烈，积极生发至善。绳可锯木断兮，致力于世界和平运动[①]推进；水可滴石穿兮，用心于中国科学技术发展。

噫吁兮！深邃的哲理，"读不在三更五鼓"；理性的光辉，"功只怕一曝十寒"。遗体供医学解剖，造福社会；骨灰

---

① "致力于世界和平运动"，指1951年2月，郭沫若出席在柏林召开的"世界和平理事会"会议；同年5月，出席在维也纳召开的"世界和平理事会"会议；同年12月，获苏联"加强国际和平"斯大林国际奖。

撒大寨阡陌，心系样板。潮涌千帆竞，"郭沫若奖学金"①激励万千学子；奋楫正当时，"郭沫若文艺奖"②鞭策后昆奉献。喜哉！承绥山文脉，新使命催人奋进；快哉！育时代新人，新征程任重道远。

---

① "郭沫若奖学金"，指1980年8月25日，国务院正式批准中国科学技术大学设立以郭沫若名字命名的奖学金，这也是中国第一个奖学金。
② "郭沫若文艺奖"，指1987年为纪念郭沫若对中国文化艺术的贡献，经中国文联批准，设立"郭沫若文艺奖"奖项。

四川大学赋

　　夫川大者，四川大学①也。"海纳百川"，以大智慧追求卓越；"有容乃大"，践"三面向"致远钩深。辟江安之新域，日就月将；揽天府于西南，信道兼程。光荣的革命传统，川大之路继往开来；厚实的办学基础，川大之魂历久弥新；鲜明的办学特色，川大之誉蜚声四海；良好的校风学风，川大之帆破浪远征。时势常易，师生精神如矩；知行并重，生命之树常青。三大工科名片②，突飞猛进；六大王牌专业③凤翥龙腾。铸就一流学府，披肝沥胆；培养一流人才，拳拳赤心。

　　源头活水，"继石室流风于无穷"；泽溉今古，办中西学堂④而共鸣。中国思想界的清道夫⑤，"外争""内惩"策源

---

①四川大学，是教育部直属全国重点大学，国家"211工程"和"985工程"重点建设高校，由原四川大学、原成都科技大学和原华西医科大学分别于1994年4月和2000年9月分两次合并建成。
②"三大工科名片"，指四川大学工科类著名的三大专业，即工科试验班（智能制造）、材料学（新能源与纳米材料）、高分子材料与工程。（信息来源："大川智问"）
③"六大王牌专业"，指临床医学、口腔医学、数学和应用数学、轻化工程、机械设计制造及其自动化、计算机科学与技术六个知名专业。（信息来源："大川智问"）
④"中西学堂"，成立于1896年。作为四川引进西学的急先锋，也作为四川大学的前身，四川中西学堂可以说是领文化转型之先，是四川当时唯一的省级新式学堂，也是西南地区最早的近代高等学校之一。
⑤"中国思想界的清道夫"，指吴虞（1872年—1949年），原名姬传、永宽，字又陵，亦署幼陵，号黎明老人，四川新繁（今成都市新都区）龙桥乡人，近代思想家、学者，曾担任北大教授，晚年就教于四川大学。

地；进步先行者的思想库，民主堡垒大本营。人文蔚起，戊戌变法两君子①；蜀学勃兴，维新先锋宋育仁②；忠魂不灭，烈火青春江竹筠。大师作范，谢无量③襟怀旷达通今博古；奋启新声，任鸿隽④概论通论科学精神。"考四海以为隽"，张澜玉章郭沫若；"纬群龙之所经"，柯召徐僖刘应明。有组织的人才培养，因时制宜；有责任的创新教育，闳博精深。有研究的管理服务，掘学问之根脉；有引领的典型示范，铸科技之大成。优化学科结构，大力促进渗透交叉；健全本科体系，专业集群"同频共振"；升格办学层级，重点学科优势集成。

两院⑤入堂，求专求精；三校合并⑥，允公允能。四水汇流，自信自强；三强共建，月异日新。勇立潮头，"五老"潜

---

① "戊戌变法两君子"，指戊戌变法六君子中的杨锐和刘光弟，他们分别出自四川大学前身的尊经书院和锦江书院。

② 宋育仁（1857年—1931年），字芸子，晚年号道复，四川省自贡市沿滩区仙市镇大岩凼人，中国早期资产阶级改良主义思想家、维新运动倡导者，被誉为四川历史上"睁眼看世界"第一人。

③ 谢无量（1884年—1964年），四川乐至人，原名蒙，字大澄，号希范，后易名沉，字无量，别署啬庵，民国初期在孙中山大本营任中山先生秘书长、参议长、黄埔军校教官等职，新中国成立后，历任川西博物馆馆长、中国人民大学教授、中央文史馆副馆长，曾就教四川大学讲授《庄子》，是近代著名学者、诗人、书法家。

④ 任鸿隽（1886年—1961年），字叔永，四川垫江县人，祖籍浙江湖州，辛亥革命元老，著名学者、科学家、教育家和思想家，曾任四川大学校长，中国近代科学的奠基人之一。

⑤ "两院"，指锦江书院（始建于1704年）和尊经书院（成立于1874年），1902年两书院并入四川中西学堂，改称四川通省大学堂，后又改名四川省城高等学堂（四川大学前身）。

⑥ "三校合并"，指1931年11月9日，国立成都大学、国立成都师范大学和公立四川大学正式合并组建国立四川大学（第一次）；1994年4月四川大学与成都科技大学合并，2000年9月再与华西医科大学合并（第二次）。

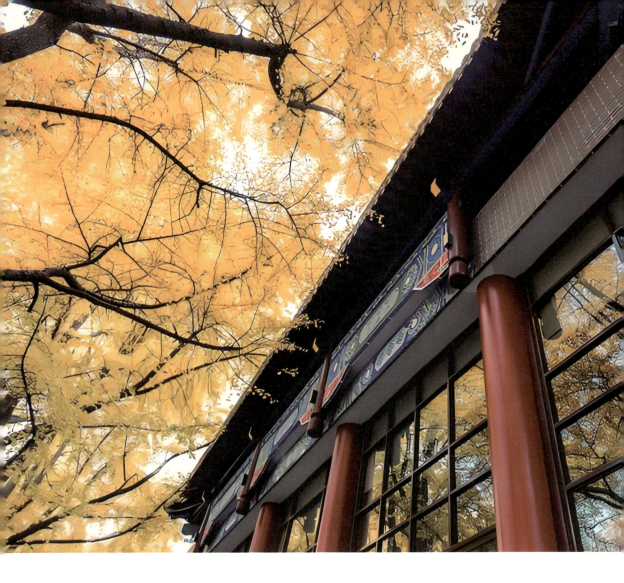

移默化；革故鼎新，"七贤"语出惊人①。汇纳百川，弘严谨勤奋之风；百花齐放，倡求是创新之行。改造充实老专业，联合办院校企联姻；提速发展新专业，校地共建善作善成。博物馆，赏断臂"东方维纳斯"②，玲珑剔透；考古队，揭三星文

---

① "五老""七贤"，泛指民国后居住或客寓成都的耆宿名流，他们中有前清状元、进士、举人、知府、翰林、御史，有"一生不做官，桃李满全川"的教育家。他们是方旭、宋育仁、徐炯、陈钟信、尹昌龄、赵熙、刘咸荥、曾鉴、曾培、骆成骧、胡骏、文龙、颜楷、衷冀保、林思进。

② "断臂'东方维纳斯'"，指发掘于1947年邛崃龙兴寺的唐代断臂观音立像，被誉为四川大学博物馆藏品中的"镇馆之宝"。

明古蜀光，探赜索隐；古籍所，修"中华儒学第一藏"①，古今大成。本科专业逾百，何惧美国列入制裁榜单；专家教授数千，自有峥嵘竞秀画龙点睛。

奇哉！发展历程曲，华西坝里类中外；治学特色显，望江楼上话古今。妙哉！培养理念高，异曲而同工；技术研究强，踔厉而精进。壮哉！社会变革快，发自由之思想；国际交流旺，凭独立之精神。聚天下英才而用之，斯文始终有；育天下英才而成之，后生一定能。嗟乎！体现川大担当，向海图强；集成川大作为，捷足先登。聚焦川大探索，奋楫争先；创新川大贡献，勇毅前行。

---

① "中华儒学第一藏"，即《儒藏》，系四川大学历经25年努力编纂的一部涵盖2500年儒学成就及其历史的大型丛书，是孔孟以来历代儒家学术成就的集大成者，也是对2500年间儒家各宗、各派、各类成果的最大结集，由四川大学出版社出版发行。

四川农业大学草业科技学院①赋

　　一部草学史，栉风沐雨，薪火永相传；成雅两地情，爱国敬业，秋水映长天。国家级一流本科专业兮，出类拔萃；新西兰梅西大学"3+2"兮，本硕两兼。大潮滂滂，"士不可以不弘毅"；大国泱泱，道总可以启新篇。

　　牧草学发端，三先贤②励精图治七十余载；草科院建院，四代人③筚路蓝缕三十六年。中美草坪管理学科，遴选为国家级特色本科专业；林草生态防火工程，升格至国家级设置教学重点。鸿篇巨著，四大学科领域④锻造老中青；为国育才，"四为一体"模式⑤奠基草科院。交流合作，研学遍访美欧亚；俊杰辈出，校友攻克育养关。草学名师，诣农大之名堂；草业精英，

---

①四川农业大学草业科技学院，是四川农业大学下属二级学院。2021年，四川农业大学新设立林草学院、草业科技学院。草业科技学院是以动物科技学院原草业科学系为主体，独立建立的二级学院，学院拥有国家级一流本科专业，并以四川省重点学科草业科学为基础，具备本科、硕士、博士、博士后体系完整的人才培养体系。

②"三先贤"，指何敬贞、杜逸、周寿荣，他们为草业学科建设、学院建立与发展等作出杰出贡献。

③"四代人"，即：第一代何敬贞、杜逸、周寿荣；第二代冯盛德、李知照、郑德成；第三代干友民、张世勇、蒲朝龙；第四代吴彦奇、毛凯、张新全。

④"四大学科领域"，即种质资源创新与育种、草地资源与生态、饲草生产与草产品加工、草坪科学与技术。

⑤"'四为一体'模式"，即专业为基、课程为要、质量为先、育人为本。

立行业之标杆；草学学士，播小草于原野；草学硕博，著论文于名刊。无穷如天地，小草遍及天涯海角；不竭似江河，植被关乎国土安全。

往昔岁月峥嵘，创业共克时艰。老板山上，师生向天问道；青衣江畔，团队协同攻坚。指导四川草地普查，首次厘清农业资源本底；把脉西部草地类型，技术驰援祖国藏东藏南。川西北草业生态工程，土草畜人系统优化配套；川农大翘楚唤雨呼风，牧草品种选育捷报频传。山水林田，合理规划端牢国人饭碗；湖草沙地，统筹治理振兴大漠边关。藏粮于草兮，生态环境保育；兴草为业兮，经济社会发展；生命密码兮，种质资源挖掘；林茂草丰兮，叠翠金山银山①。

生物种业，穷究基因新功能；生态屏障，碳汇挖潜敢争先；绿水青山，孕育生命共同体；增汇减排，拓展莽莽大草原。运用大数据，构筑现

---

① "叠翠金山银山"，即绿水青山就是金山银山。

代草业；创建新标准，问鼎草坪前沿。探赜索隐，在发现世界中发展自己；致远钩深，在引领团队中千锤百炼。举学院之旗帜，立诚致信创品牌；视科研如生命，焚膏继晷谋发展。彰显信仰伟力，续传统之规矩；弘扬人间正道，开年级之生面。潜心修德，心正则无憾；守正铸魂，路正则行远。

嗟乎！天降大任兮，期工程中心日就月将；烈火真金兮，盼草界学子追凤逐凰；初心广宇兮，愿师生合璧鹏程无疆！

名胜辑

三星堆赋

　　三星堆①者，四川广汉古蜀遗址

也！一幅古代文化的历史长卷，神秘

三星堆；一曲链接华夏的遗世长歌，智慧古蜀人。三星堆，神

秘国度缘何离奇消失，留下千古谜团；鸭子河，王道乐土历经

风雨洗礼，见证人杰地灵。日月其迈，古蜀国吸纳异域文明之

光；多元一体，三星堆惊现东方文明实证。时空呼应远，蕴藏

历史科学文化艺术瑰宝；造型奇特怪，陶玉铜金尽显匠心独具

神韵；文物出土丰，三十余处神秘遗存布局严整。中华文明源

远流长，问苍天觅"长江文化之源"；华夏远祖凤翥龙翔，据

地理溯长江流域之滨。

　　镂空金面罩，遗世而独立，旷世之精品；青铜大立人，手

---

①"三星堆"，即三星堆遗址，原名兴古遗址，后以三星堆首先发现大面积
文化层并多次正式发掘而命名，位于四川省广汉市三星堆镇鸭子河南岸，是
新石器时代至商周的蜀文化遗址。三星堆遗址总面积约12 km²，年代距今4800
年~2800年左右。三星堆遗址是迄今在西南地区发现的范围最大，延续时间最
长，文化内涵最丰富的古城、古国、古蜀文化遗址，被认为是20世纪人类最
伟大的考古发现之一。1988年1月，三星堆遗址被公布列为全国重点文物保护
单位。

执何圣物，稀世之奇珍；龟负网格器①，酷似"河图洛书"②？
单体青铜器，神树精美绝伦。太阳东升西降，金乌亘古运行。
纵目面具，"千里眼"神通广大？煌煌金杖，人鱼鸟秘图深
沉。石雕石孔，敬远祖对生活之眷恋；玉璋玉璧，仰先贤尚白
玉为至尊。精美大石璧，何以雕刻"燕三泰"③？阔目异域人，
镇邪驱魔法力深？探文化精髓，解读古蜀文明独特风采；辨社
会结构，揭示古国兴衰历史进程。"三大原则"④，催生三星
堆文化惊世绽放；三星伴月，发掘鸭子河惊爆秘闻大音。星辰

---

① "龟负网格器"，2022年7月发现于三星堆遗址祭祀区，由青铜打造而成，
整体被四框包围，下面是一块龟背状的青玉。该器物的用途尚在专家研究中，
疑为占卜之用。
② "河图洛书"，是中国古代流传下来的两幅神秘图案，据考为远古时代先
民按照星象排布出时间、方向和季节的辨别系统，蕴含了深奥的宇宙星象之
理，被誉为"宇宙魔方"，是中华文化、阴阳五行术数之源。2014年11月，河
图洛书传说经国务院批准列入第四批国家级非物质文化遗产名录。
③ "燕三泰"，出自四川大学博物馆馆藏文物——一件三星堆出土的石璧上
的刻字，据称是当年发现三星堆农民燕道诚小儿子之名。专家认为，石璧是礼
天之物，是三星堆青铜器、玉器之外重要的祭祀用品之一。
④ "三大原则"，指考古学文化的命名三原则，即首次发现地原则、典型遗
址所在地原则、遗址或遗物的突出特征命名原则。

日月，广都①之天空神龙飞舞；山川湖海，古蜀之地利霞蔚云蒸。千载风云雨，自有三星逐日月；今古丝绸路，大漠长河映乾坤。古蜀遗址，三都之野诞生世界奇迹；宇宙魔方，"四木"若梯沟通天地人神？

古蜀开国之都兮，新津西北宝墩②；文明钩深致远兮，域内阡陌纵横。古都两重城墙，把控时空角度以溯源；宝墩文化早期，赓续古蜀文明之演进。时空隧道，佐证成都平原跨入文明门槛；宝墩遗址，彰显长江流域史前人文精英。三星堆文化历四期③，古蜀秘辛隐现于甲骨昭昭；李太白纵笔古蜀道，嗟叹蚕丛鱼凫开国难窥寻。千古之问神秘莫测，三星堆金沙殿④延绵蜀地旷世纪；太阳神鸟⑤非遗标志，秘史长青铜辉媲美日月精气神。祭祀历经三大阶段⑥，寒来暑往敬天法地五百载；苦心孤诣科技考古，慎终追远巴蜀更迭衰与兴。承前启后，谜域金沙演绎无言之绝唱；继往开来，历代先祖铸就绝美之大成。异形博物馆⑦，打造以仿真氛围勾勒远古秘境；金玉

---

①"广都"，亦称都广（现成都双流），古蜀国都，始建于公元前316年，与古蜀国成都、新都并称"三都"。

②"宝墩"，即宝墩古城遗址。它是成都平原发现年代最早、面积最大的史前城址，其建造年代在公元前2550年，废弃年代在公元前2300年，面积约为60万m²，后扩增为近300万m²。

③"三星堆文化历四期"，即三星堆文化可分为四期：第一期为"宝墩文化"，距今约4000年前；第二期和第三期为"三星堆文化"，距今约4000~3200年间；第四期被命名为成都金沙遗址为代表的"十二桥文化"，距今约3200年及以后。

④"金沙殿"，即金沙遗址，位于四川省成都市青羊区苏坡乡金沙村，分布范围5km²，距今约3200~2600年，为长江上游古代文明中心——古蜀王国的都邑，2006年5月25日被国务院公布为全国重点文物保护单位。

⑤"太阳神鸟"（金饰），为商周时期的金器，2001年出土于成都市青羊区苏坡乡金沙村，被确定为中国文化遗产标志。

⑥"祭祀三大阶段"，特指在金沙遗址发掘中，发现其祭祀活动第一阶段祭祀以象牙、玉器为主（约公元前1200年前后）；第二阶段以玉、铜、金器为主（约公元前1100年—前850年）；第三阶段以猪獠牙、鹿角为主（公元前850年—前650年）。

⑦"异形博物馆"，指三星堆博物馆和三星堆博物馆新馆均为异形建筑。

大剧院①，启动驻演沙龙昭示过往灵魂。交融荟萃，独树一帜于东南西北文化板块之间②；兼收并蓄，先声夺人于古蜀"坝子"抑或"戎伯"传承③。守护国宝，面具神树玉边璋；联合申遗，三星联袂金沙村。

四川文明史，一掘骇世，史前数千年而振聋发聩；先进冶炼术，技艺精绝，分铸失蜡焊而醍醐灌顶。静则千年不语，任世间风云变幻；醒则气势磅礴，鼎立于考古之林。三星堆遗址，深埋文明不朽基因密码；三星堆文物，隐含文化赓续神秘内因。巍巍历史丰碑，载千年探秘之焦点；熠熠耀眼明珠，揭世事尘封之迷阵；幽幽神秘古国，究中华文明之高深。

呜呼三星堆！考古奇观，探赜索隐，敬畏先贤卓绝，精神之博大；

呜呼三星堆！文化精髓，艺术瑰宝，乍现古蜀辉煌，智慧之结晶；

呜呼三星堆！神来之笔，黄钟大吕，震撼古今中外，文明之大成。

---

① "金玉大剧院"，指位于成都摸底河北侧"金沙演艺综合体"8字形建筑中拥有1200个座位的甲级剧院。该综合体外观钛金色的金属百叶为建筑编织一张金色的面纱，金属板流动的线条与玻璃形成虚实对比，隐喻"金文化"和"玉文化"，表达"金玉呈祥"的美好愿望。
② "交融荟萃，独树一帜于东南西北文化板块之间"，指古蜀先民兼收并蓄东南沿海的稻作文化和西北黄土高原的粟作文化，形成自有独特的文明特征。
③ "先声夺人于古蜀'坝子'抑或'戎伯'传承"，指古蜀文化区是"坝子文化"和"戎伯文化"的结合体。一解，上古时期成都平原几个大聚落形成的古城挤在一起，形成了串珠状分布的大小聚落，这些部落在独立中又相互交融，形成了独特的"坝子文化"。二解，在古巴蜀境内曾有数百个小部落、小诸侯"戎伯"，而蜀就是这些戎伯的首领。

都江堰赋

　　华西巴蜀，羌水之川；洪旱肆虐，地怒人怨。灌口开山，淘滩作堰；河渠相济，借势发展。蓄排有度，分洪安澜。年丰日盛，利民千年。

　　都江古堰[①]，父子功勋铸不朽丰碑；治水圣人[②]，世界水利壮伟大奇观。西北之高地，凿离堆，避洪水汛期之害；东南之低洼，借水能，凭流速一合人天。打通玉垒山，引水分洪；流灌成都府，道法自然。鱼嘴分水堤，岷江变两江中心分流；精妙飞沙堰，泄洪兼排沙作用非凡；宝瓶引水口，丰枯巧导流成都平原。

　　八字箴言[③]，于风雨中坚守千百年不衰；六字诀窍[④]，凭大智慧铸就水利史宏篇。巧妙因势利导，分水控流；深谙水脉

---

① "都江古堰"，即都江堰，坐落在成都平原西部的岷江上，由战国时期秦蜀郡太守李冰总结前人治水经验，组织岷江两岸人民在公元前256年修建完成，它是当今世界年代久远、唯一留存、至今使用、以无坝引水为特征的宏大水利工程，是世界文化遗产、世界自然遗产的重要组成部分，1982年列入全国重点文物保护单位。
② "治水圣人"，即李冰（生卒年不详），字季卿，号陆海，山西运城人（一说陕西汉中人），战国时代著名水利工程专家，公元前256年—公元前251年被秦昭王任命为蜀郡太守。
③ "八字箴言"，即"乘势利导、因时制宜"，阐述了蜀地先民智慧和谐的治水之"道"，刊刻于都江堰二王庙。
④ "六字诀窍"，即"深淘滩，低作堰"，是成功应用于都江堰水利工程的治水名言，嵌刻于都江堰二王庙。

水势，流量精算。罕世无坝引水，天下无双；纵横阡陌山野，奇谋贵先。平潦除旱泽天地，配置三大主体工程；淘滩作堰皆智慧，传承不朽治理真言。立石人以测水位，枯水不淹足；换卧铁以图永固，洪水不过肩。四六分水，堰工精细出绝活；二八分沙，金堤①确保灌区安全。筑坝壅江，竹笼载卵石稳沉江底；控流缓湍，岁修千百载流稳泽远。遇湾截角，因地制宜巧妙施策；逢正抽心，治理方略亘古不变。分洪减灾，协同运作；天府丰腴，国泰民安。

驯龙千里卧波，江堰巍然屹立；江水安流顺轨，丰收见证圣贤。历史跨度长，秦昭王后期定旨兴修；工程规模大，寒暑交替攻坚八九年。科技含量高，生态系统立工程典范；灌区范围广，规模宏大居世界领先；综合

———————————

① "金堤"，又称金刚堤，是都江堰水利工程主要组成部分鱼嘴分水堤身左右侧的护堤，起于鱼嘴，止于飞沙堰，作用是将岷江分为内江和外江。

效益丰，惠一方百姓神奇浪漫。龙泉洞穿，人民渠东风渠碧波荡漾[①]；天工开物，三合堰通济堰福泽绵绵；灵水奔涌，黑龙滩三岔湖囤蓄防患。不违农时节令，以渠系大小错峰解决旱区水荒；适时抢收抢种，以大流量高水位缩短输水时间。闸群配套，蓄放因时制宜，农工商如鱼得水；灌区扩建，田土应时稼穑，粮经饲增值翻番。巧用环流，提高江河输沙能力；分防蓄排，控放服务村镇区县。干支调整，引蓄灌三结合，天府不知饥馑；渠道整治，人水山几兼顾，造福古今黎元。

壮哉！李太守，伟大的天府父母官；雄哉！都江堰，流动的水利博物馆。长龙游巴蜀，分水内外有度；山际泛银河，导水日月经天。深谷腾彩虹，引水变害为利；高峡出平湖，调水惠泽江山。沃野千里，似人间仙境，滋蜀久矣！比肩长城，其功在千秋，善莫大焉！绝哉！世界水利文化之鼻祖，唯一样本[②]，妙哉！东方"中华文化之瑰宝"，厚重名片。

---

① "人民渠东风渠碧波荡漾"，指新中国成立后，为更好发挥都江堰水利工程价值作用，进行了人民渠、东风渠两大扩灌工程建设，为四川农业快速、健康、可持续发展和帮助农民增产增收，以及优化当地自然生态环境做出了巨大贡献。
② "唯一样本"，指世界遗产委员会认为，"建于公元前三世纪，位于四川成都平原西部岷江上的都江堰，是全世界迄今为止，年代最久、唯一留存、以无坝引水为特征的宏大水利工程"。

青城山^①赋

青城者，道教渊源；四周青峰，状如城郭，故名也。蜀山西南万千重，驾鹤觅仙踪；锦官城西翠嶂叠，问道青城山。青藤倒挂怪石嶙，长瀑三千尺；幽兰芬芳林木郁，索道一线天。怡养怡悦怡然，《怡神论》^②卷辑引经据典；日出圣灯云海，青城山三大自然奇观。紫气碧霞，白云缥缈正一道；青城一脉，剑拳合一^③天下传。"五斗米道"，自张陵开宗立派；"神仙都会"，列道教第五洞天。

揽胜三十六峰，仙风犹存天师洞；探秘百零八景，虚清大师张继先^④。

---

①青城山，位于四川省成都市都江堰市西南，主要分为前山和后山两部分，有"青城天下幽"的美誉。青城山历史悠久，东汉张道陵在此创立道教，后成为全真龙门派圣地、中国道教四大名山之一、道教五大仙山之一。青城山是世界文化遗产"青城山-都江堰"主体景区之一，2013年3月列为全国重点文物保护单位。

②《怡神论》，由唐代道士申天师所著，书中包含了一些道教的养生方术，是研究唐代道教养生文化的重要文献之一。

③"剑拳合一"：青城派剑术被誉为全国四大剑派之一，历代青城山道士中均有习好剑术者；同时，青城拳术受剑术影响而有"剑拳"之称。

④"清虚大师张继先"，即北宋末年著名道人张继先，系龙虎山天师道教第三十代天师，被宋徽宗赐号"虚靖先生"。他曾到访青城山，并在常道观再兴天师道脉。

圆明宫，讲经传道处，尽显《黄庭》[①]深邃；上清宫，青城第一峰，常涌雾海山岚。四重殿堂[②]，受教太上老君以涤心海；三殿斗姆，聆听洞经音乐以净耳畔。结茅传道，国教天人合一，不朽之青城；安流顺轨，世界水利奇迹，千秋之古堰。天圆地方老君阁，镇绝顶第一峰；浴火重生"5.12"[③]，复殿宇之新颜。"五百年来第一人"，张大千泼墨《青城山全图》；正月十五申迎会，道教节祈福龙狮舞展演。写生"九歌""国殇"[④]，旌旗猎猎死何惧；神绘"山鬼""立马"，烽烟滚滚来天半。

---

①《黄庭》，即《黄庭经》，是道教上清派的主要经典，包括《外景经》和《内景经》，主要讲述道教存神养气的修持之术。

②"四重殿堂"，指青城山圆明宫由灵祖殿（供奉灵官神像）、老君殿（供奉太上老君）、斗姆殿（斗姆即圆明道母天尊，是北斗众星之母）和后殿（供奉天、地、水三官大帝，以及全真道的邱祖、吕祖和重阳祖师）组成。

③"浴火重生'5.12'"，指2008年5月12日，汶川发生8.0级特大地震，青城山部分殿阁损害严重，历数载修葺一新。

④"写生'九歌''国殇'"，指徐悲鸿于1943年夏在青城山作"九歌""国殇""山鬼""立马"和"紫气东来"等画作。

杜光庭①诗作《读书台》，唤青莲居士；撰《道门科范大全集》，留巨著鸿篇。爱国诗碑《青城颂》，凭吊冯将军②；闻胜亭旁忆峥嵘，壮志驱倭还。苍茫林海静，啁啾里百鸟盘旋；紫殿金宇阔，云飞处峰回路转。攘攘人流涌，导游舞旗忙，山水有错落景致几多别样；悠悠滑竿响，南腔北调汇，访古且寻幽游兴始终饱满。品洞天乳酒，浓而不烈微微醺；尝白果炖鸡，香而不腻垂涎涎。五龙沟，踏双泉叮咚之旋律；翠映湖，赏水中圆月之长天。

　　山的幽清，精致勾勒文旅融合；水的迷离，五大"IP"③使命在肩；兽的珍稀，"嘟嘟"攀达④畅游世界；堰的辉煌，三城三都⑤竞相靓范。厚植生态优势兮，赏花赏幽赏白云；激发绿色动能兮，亲山亲水亲自然。噫嘻！幽幽青城，藏阴阳之"道"理，倡天地和谐万物共生；世界遗产，证历史之兴衰，助中华文化璀璨绵延。绝哉！万象和鸣，天人守望；妙哉！和光同尘，与时舒卷。

---

①杜光庭（850年—933年），字圣宾，号东瀛子，处州缙云（今属浙江）人，唐末考进士不中，在天台山入道，五代时期曾任前蜀户部侍郎，晚年辞官隐居四川青城山，一生涉道教著述颇多，终成高道。

②"冯将军"，即冯玉祥（1882年—1948年），原名冯基善，又名冯御香，字焕章，人称"布衣将军"，"九一八"事变后出任察哈尔抗日同盟军总司令，第三、第六战区司令长官。他极促进抗日爱国力量的发展，呼吁团结抗战，抗战时期曾三次到访青城山，留下忠心报国和抗日救亡的诗词碑碣。

③"五大'IP'"，指涉及都江堰-青城山文旅产品的知识产权创意，包括大遗产、大灌区、大青城、大熊猫、大冰雪。

④"'嘟嘟'攀达"，指名叫"嘟嘟"的大熊猫。

⑤"三城三都"，指世界文创名城、世界旅游名城、世界赛事名城；国际美食之都，国际音乐之都、国际会展之都。

峨眉山①赋

　　夫峨眉②者，源自蟓首蛾眉，美而艳也。立古蜀于西南，居四大峨山③之首；矗乾坤于上下，秀七十二峰④之间。常年云雾缭绕，夏雨沛而冬阳煦；四季婀娜多姿，春华茂而秋实甘。普贤道场，汉代隆兴；经声梵呗，仪轨俨然。"一尘不染三千界"，灵气冲牛斗；"万法皆空十二因"，善根惠福田。四面十方佛，敬香之客如归；八方千万里，兴游之宾忘返。中华佛教圣地，"仙域佛国"；才子沫若手迹，"天下名山"。

　　伟哉斯山！金顶佛光，照千秋灵山之胜景；峨眉神灯，映"华严三圣"之普贤。伏羲洞女娲洞鬼谷洞，洞洞神奇，绝壁之上生幻象；佛光圣云海谲日出曜，景景生辉，华藏寺前赏奇观。香蜡袅袅，众僧鸣天鼓于法堂；木鱼锵锵，大师道元明之真言。高僧大德，传承有序；贝叶禅经，法力无边。晨钟响梵

---

①峨眉山，也称峨嵋山，属邛崃山脉支脉，地处四川盆地的西南边缘，主峰金顶，最高峰万佛顶海拔3099 m，是中国的四大佛教名山之一，被联合国教科文组织列入世界文化遗产与世界自然遗产双名录。
②"峨眉"，出自《峨眉郡志》："云鬟凝翠，翼黛遥妆，真如蟓首蛾眉，细而长，美而艳也，故名峨眉山。"
③"四大峨山"，即大峨山、二峨山、三峨山和四峨山，位于四川盆地西南部，属邛崃山脉支脉。
④"七十二峰"，指峨眉山坐拥宝掌、天池、华严、玉女、石笋等七十二峰。

音亮，添加修行砝码；暮鼓鸣闭目诵，神游秋水长天。诗仙太白听琴，除众恶何须赦免；词客东坡怀故，还一清性归本源。象池月夜幽，琴蛙鸣于古寺；拐道九十九，群猴戏于青岚。

妙哉斯山！眺日望月，仰雪峰之雄姿；经天纬地，纳峡谷于山川。峨眉武术，一派玉树临风；体系自成，三宗并列中原①。"一树开五花"②，亦柔亦刚剑不行尾；"五花八叶扶"，拳不接手枪不走圈。妙用北少林总拳五大形③，扬利剑"文姬挥笔"；糅合峨眉山阴阳十二桩④，绝簪技"沉鱼落

---

① "三宗并列中原"，即峨眉与少林、武当共称中土武功的三大宗派。
② "一树开五花"，指峨眉武术"一树开五花，五花八叶扶"。一树，指的是峨眉武术；五花，指的是五个地区，即丰都的青牛、通江的铁佛、开县的黄陵、涪陵的点易、灌县的青城。
③ "北少林总拳五大形"，指北派少林拳共龙、虎、豹、蛇、鹤五形。
④ "峨眉山阴阳十二桩"，指创自峨眉山的一种功夫，融汇中医、气功、武学、禅修等方法，属峨眉临济宗气功中的12套（天、地、人、心、龙、鹤、风、云、大、小、幽、冥）修持气脉内景功夫练法。

雁"。《茶之缘》①，以禅茶儒茶道茶融汇峨眉茶道；竹叶青，品清亮匀嫩爽口邀赏九天婵娟。海外僧侣云集，礼敬普贤三生幸；昌福禅师主持，静悟禅机一瞬间。仙山揽胜月，苏黄寄语；"峨眉天下秀"，右任手撰。七里坪俏，氧吧天然舒游子身心；度假村喧，人头攒动享洞天灵泉。

壮哉斯山！双狮山门拱卫，普放光明报国寺；"一心七区"②簇拥，文化自然双遗产。新老十景荟萃，中国第一山文化长廊；盛名蜚声四海，天然动植物成百逾千。山溪飞瀑龙江，天造地设山水画；日沐云涛林海，圣寿万年无梁殿③。双桥引碧流，日夜清音曲禅意；一线天光细，亘古静谧任方圆。悠悠生物基因库，孑遗植物数十种；煌煌地质博物馆，静默诉说亿万年。

噫嘻哉！峨眉巍峨，佛道僧侣，人神交流，祈和平佑天下，人心淳淑见佛性；山岳观光，身临其境，尽洗尘嚣，游于兴发于善，沐圣安躁接善缘；量以载道，参古论今，对白身心，品文化启智慧，履践致远开新篇！

---

①《茶之缘》，清初著名僧人果德和尚（1600年—1667年）所著。该书不仅丰富了峨眉茶道的精神内涵，还促进了峨眉茶道在更广范围内的传播和传承，并为后人提供了宝贵的茶道思想和修行方法，对峨眉茶道的发展产生了深远的影响。
②"一心七区"，"一心"即大佛禅院为核心，"七区"分别是入口综合服务区、佛教文化体验区、宗教朝拜区、佛教文化禅休区、主题酒店发展区、城市休闲娱乐区、市政公园绿化区，总称峨眉山大佛禅院佛教文化旅游区，是朝圣峨眉山的重要组成部分。
③"圣寿万年无梁殿"，即今万年寺。明万历年间，明神宗朱翊钧为纪念母亲七十岁寿诞，特敕建无梁砖殿，并题额"圣寿万年寺"。

升钟水库赋

升钟水库者，南部县[1]升水镇人工大湖也！横切西河水，拦河成库；纵贯丘陵带，蓄流成渊。

四望之野，丘壑高低雁排，巍巍乎而恋水岸；万千气象，湖水烟波浩渺，泱泱乎而映蓝天。斗转星移，灌区人民勤耕作，乐享旱涝保收；桑田沧海，川北丘陵护生态，彰显保育示范。西部库域，水清岸绿腾白鹭；胜景天成，山静果香隐炊烟。千年立佛镇碑院，观江湖之浩渺；万顷碧波涌岛屿，享盛名于西南。

请示报告三报三批，南充人矢志不渝；水利工程三起三落，老中青望眼欲穿。升钟湖助力脱贫，九年担山赶月终不悔；八尔湖破茧成蝶，一曲悠悠弦歌慰八仙。吴道子神绘千里嘉陵江，画圣名作震华夏；禹迹山大禹治水留圣迹，卓尔不群万世传。蒙古风情农家乐，满福坝新城崛起；红色盐乡祭红军，长坪山宏图大展。挂图宣战，率先摘掉国家贫困县帽子；现场验靶，乡村振兴涌现致富新状元。五方联盟[2]，"归雁经济"托起回乡创

---

[1]南部县，四川省南充市辖县。古代南部县境属《尚书·禹贡》九州中的梁州，东周末为秦国巴郡地。2010年6月，南部县被国家体育总局授予"全国钓鱼城市"称号。2011年，升钟湖风景区被批准为国家4A级旅游景区。

[2]"五方联盟"，指龙头企业、专合组织、致富能人、贫困群众、金融保险五大合作方。

业团队；三园共建^①，绿色有机铸就乡村美好明天。腾笼换鸟，科技是第一生产力；水美村新，项目是第一竞争点。"五个三"^②工作机制，栉风沐雨稳定经济增长；"五个一"^③接力帮扶，踔厉奋发交好赶考答卷。一核四级多支撑^④，东风夜放花千树；一江两河三大库^⑤，晨星晓月照渔船。

争当三个排头兵^⑥，新时代气势如虹贯长空；争创经济副中心，川东北南部励志战犹酣。胡耀邦题字"升钟水库"，赏气势非凡恣意潇洒；农业文明史源远流长，扬钓鱼文化康体休闲。4A景区，纳四季之风光；五大教育^⑦，增"五常"之内涵。高山流水，游艇传奏"清平乐"；波光潋滟，风舞画舫"卷珠帘"。九曲升钟湖湾水，清泉流不尽；逶迤兰舟云天里，举杯邀婵娟。西部最美渔村，赴旅游度假之胜地；湖滨饕餮鱼宴，享老少咸宜之野餐。驴友结伴，摄翠苇四季翻飞之美景；领队引行，听流莺晨昏啼鸣之婉转。

休闲天堂兮！西南最大人工湖泊；垂钓乐土兮！全球温馨互动论坛；体验胜地兮！西部可贵融合样板。一江五湖，南部腾飞之根本；升钟水库，福泽万千之黎元。世界水日，节约用水程万里风正劲；中国水周，科学治水谋创新抗风险。伟哉！赓续红色血脉，新征程抓铁有痕激励新担当；雄哉！信念践之犹成，新使命踏石留印策马再挥鞭。

---

① "三园共建"，指创业园、托管园、就业园三家共建合作。
② "五个三"，指三条原则、三级责任、三大工程、三项措施和三大转变。
③ "五个一"，指每个行政村有一名县级领导挂联、一个县级部门帮扶、一名驻村第一书记、一个驻村工作队、一名驻村农技员。
④ "一核四级多支撑"，指以县城红岩子湖为核心，以升钟湖、八尔湖、盘龙湖、观音湖为增长极，以嘉陵江流域风情小镇和江、湖、河生态湿地建设为支撑。
⑤ "一江两河三大库"，指嘉陵江、西河、宝马河、升钟水库、八尔水库、上游水库。
⑥ "三个排头兵"，即全市县域经济发展排头兵、乡村振兴发展排头兵、生态绿色发展排头兵。
⑦ "五大教育"，指习惯教育、风气教育、感恩教育、法纪教育、科普教育。

峡谷者，位于金口河、汉源县和甘洛县接壤之大渡河中游也！东起尖山顶，危岩雄伟；西至蓑衣岭，奇峰峻险。南延乌斯镇，两侧壁立千仞；北止金口河，汛期浊浪滔天。中国最美十大峡谷之一，养在深闺人未识；绝对高差远超科罗拉多[2]，一朝问世惊宇寰。六亿载沉积，地质剖面厚达数千米；威尔逊定性[3]，壮丽堂皇天然纯公园。十亿年河流下切演化史，巉岩嶙峋；四百余平方公里沉积物，处处深渊。

峨眉大瓦轿顶[4]遥相呼应，构三足鼎立之势；游云暖阳飞鹰

———————————

①大渡河峡谷，位于四川凉山州甘洛县与乐山市金口河区以及雅安市汉源县接壤的大渡河流域中游，峡谷最深2675 m。2001年，列入国家级地质公园。2019年，金口河大峡谷景区被评为国家4A级旅游景区。
②"科罗拉多"，即科罗拉多大峡谷，位于美国亚利桑那州西北部、科罗拉多高原西南部，最深处2155 m。
③"威尔逊定性"，指1898年英国著名植物学家欧内斯特·亨利·威尔逊到大渡河峡谷考察，他在日记中留下了"这里真的是壮丽堂皇的天然公园"的记录。
④"峨眉大瓦轿顶"，指大瓦山、峨眉山和轿顶山。

自由栖息，靓四季风光之悬。谷坡陡峭，珙桐连香银杏隐现其间，皆为子遗物种；谷地幽深，天麻花椒牛膝镶嵌共生，任君食药体验。索道凌空摇舞兮，腾云驾雾斑鸠嘴；山路挂壁延伸兮，手脚并用数百年。芳草碧翠，借问白熊沟熊猫欲何往？枫叶铅朱，探秘古路村岁月大变迁。悬崖上的村庄，原汁原味的原始村落；彝家人的乡愁，网红打卡的世外桃源。峡谷三绝①，结伴畅游情人谷；擎天双柱②，拱桥辉映月亮湾。水上公路长龙卧波，架起汉彝连心桥；快艇游弋风驰电掣，速写绝壁一线天。

峡壑峰尖起舞笑迎远客，谷深涧长路难行；铁道英雄胸怀凌云壮志，"三大法宝"③上"三线"。逢山先开路，铁锹铁锤铁铲谁能小觑；遇水即架桥，钢钎钢梁钢轨成就专线。致敬筑路者，最小车站④承载新中国最大梦想；《铁道兵之歌》，千军万马威武挺进祖国大西南。鼎立起十三项世界之最，成昆铁路立威；铁道兵博物馆震撼心灵，信仰动地感天。弘扬勇当标杆的创业精神，山高攀则至；锤炼追赶跨越的价值追求，铁血铸江山。

噫嘻！鬼斧神工，老鹰嘴常伴白云朵朵；碧波荡漾，顺水河顺流斜阳点点。悬泉如练兮，野牛河景观深邃清幽；飞瀑溅玉兮，神龟石神韵时隐时现。攀岩漂流，旷世峡谷临危不惧争当优胜者；探险科考，样本采集分门别类影摄鬼门关。绝哉！摒弃边远之心态，祝文旅焕彩，让百姓更有期盼；妙哉！跳出峡谷之思维，愿汇力磅礴，让量变更有"质感"；雄哉！打破小区之意识，迎春晖万象，让未来更加璀璨。

———————————

① "峡谷三绝"，指大渡河峡谷的奇景、奇花、奇石。
② "擎天双柱"，指成昆铁路上一线天空腹式石拱铁路桥，桥旁的崖体上书有"天下第一柱"五个大字。
③ "三大法宝"，指筑路工人使用的钢钎、铁锤、烂棉絮。
④ "最小车站"，代指成昆铁路。成昆铁路，简称成昆线，是中国境内一条连接四川省与云南省的国铁I级客货共线铁路；线路呈南北走向，为中国西南地区的干线铁路之一，也是中国三横五纵干线铁路网的一纵。成昆铁路于1970年7月1日建成通车，开创了18项中国铁路之最、13项世界铁路之最，被联合国誉为象征20世纪人类征服自然的三大工程奇迹之一。

千秋四川赋

卷

五

风物辑

锦绣赋

　　锦绣者，乃蜀锦[①]蜀绣[②]也！蓉城蜀锦，傲居四大名锦之首；构图疏朗，独揽明快色彩之魂。神形兼备，个性鲜明；质感堂皇，精湛逼真。嫘祖养蚕缫丝，男耕女织开启家国文明；神州农桑立国，耕读家纺遂有丝绸之盛。孔明广都[③]垂范，八百良桑兴家业；何稠[④]织造通晓，隋唐享誉锦官城。环庐栽桑育蚕茧，蜀地巾帼立功；作坊缫丝织锦绣，城乡市场繁盛。荣登大雅之堂，蜀锦闪耀"世界大学生运动会"[⑤]；渊源上溯古蜀，文化遗产代代相传三千余春。

　　用线工整稳重，浑厚圆润；针法交错翻飞，线条平整。片线光亮，或虚实结合；针法交错，或阴阳纷呈。交叉针，动物皮毛光亮柔顺；螺旋针，人物发髻栩栩如生。长于刺绣花草虫

①蜀锦，我国四大名锦之一，最早起源于汉至三国时蜀郡（今四川成都一带），是一种具有汉民族特色和地方风格的多彩织锦，具有两千多年的历史，为中国国家地理标志产品。2006年，蜀锦织造技艺经国务院批准列入第一批国家级非物质文化遗产名录。

②蜀绣，又名"川绣"，中国四大名绣之一，是巴蜀地区流行的一种民间工艺，分为川西和川东（今重庆）两大流派，为中国国家地理标志产品。2006年蜀绣被列入国家级非物质文化遗产名录。

③"广都"，即今天的成都市双流区，三国时期称广都县。

④何稠（生卒年不详），字桂林，四川郫县人，隋代工艺家、建筑家，相传他曾受命隋文帝仿制过波斯锦。

⑤"世界大学生运动会"，指2023年7月28日至8月8日在蓉举办的第31届世界大学生夏季运动会。

鱼之细腻，针法严谨；善于表现山水磅礴之气势，针脚齐平。玲珑精致，一针一线透露绣女之智慧；巧夺天工，一上一下穿插文化之底蕴。文字锦，推皇宫珍藏《兰亭集序》；

锦背心，逾百金织成西川贡品。踏机响，穿梭间绣女巧手缝经纬；提花现，图案里匠人精湛织寸心。艺术中心"藏绣宫"，城北荷花池；蜀锦蜀绣一条街，素手机杼声。

"五星出东方利中国"[1]，预言两千载；织锦于天府通西域，"万里尚为邻"[2]。国家级文物，突显蜀汉织锦里程碑；老官山汉墓[3]，出土提花织机新模型。释放成都味儿，"世大会"奖牌绾蜀锦绶带；体现中国范儿，时尚化产品靓成都精神。交流互鉴，蜀锦铺就运动员夺冠之路；双色交织，蜀绣装点引导

---

[1] "五星出东方利中国"，出自汉代蜀地织锦护臂上的织文，出土于新疆和田地区民丰县尼雅遗址，国家一级文物，中国首批禁止出国（境）展览文物，被誉为20世纪中国考古学最伟大的发现之一。

[2] "万里尚为邻"，出自唐代诗人张九龄诗《送韦城李少府》。

[3] "老官山汉墓"，位于成都市金牛区天回镇土门社区，2012年7月至2013年8月挖掘后，在其中发现一批极其重要的文物，包括920支医学竹简（部分医书极有可能是失传的中医扁鹊学派经典书籍）和四台蜀锦提花机的模型。这是第一次出土完整的西汉织机模型，填补了中国丝绸纺织技术的考古空白，也是世界上迄今为止最早的提花机模型。

牌交相辉映。《双凤朝阳》，斑斓色彩流动着音律；《鲤鱼探春》，精美图案鲜活着生命。蜀绣挂屏，梅兰竹菊展四时之灵气；蜀锦《熊猫》，春夏秋冬显黑白之永恒。《蝶舞花丛》，有轻快而惬意的飞行感；《翔凤游龙》，具生动而流畅的如意纹。丝线缝韶华，伊人倚门望君归；清明上河图，蜀锦重光千年景。

蜀绣多艳丽，泱泱蜀都生活力；苏绣极淡雅，山水风雪傲丹青；湘绣色浓烈，残阳孤影红酥手；粤绣线多样，百鸟朝凤牧笛横。噫嘻！纹样兮风格时尚，外观兮瑰丽清纯，花色兮精细高雅，质地兮丰满坚韧。雄哉！蜀锦蜀绣，传承千年，彰显中华文化之久远；壮哉！蜀锦蜀绣，匠心独运，把握全球消费之引领。绝哉！蜀锦独步天下，期锦绣团队更上层楼，抢占制高点；妙哉！技艺冠绝全球，盼华夏"四绣"凤凰涅槃，再铸巾帼魂。

　　川西平原，沃野千里。蜀南竹海，翠绿万顷。"峨眉山月半轮秋"，这是诗仙的赞叹；"窗含西岭千秋雪"，这是诗圣的雅韵。走茶马古道，听康定情歌；探蜀地风华，品美酒乡音。千古风流谁得解？唯有杜康；一壶琼浆日月长，若梦若醒。定定乎红尘起落，一滴酒中藏世界；飘飘乎遗世独立，半只炉内煮乾坤。

　　川滇黔渝交汇处，白酒"金三角"①腹地；千年窖藏万年香，川酒"六金花"列阵。

　　城以酒兴，活文物酿造泸州老窖②；酒以城名，中国白酒鉴赏级饮品。三朝创制数百载，遂成单品六类；三大天然洞③藏酒，原酒静以修身。固态发酵，泥窖生香。甑桶蒸馏，赓续传承。调活态双国宝，活窖池活技艺当然活非遗；酿浓香新品系，窖龄酒高光酒首当祭宗亲。

---

① "白酒'金三角'"，指"中国白酒金三角"，四川省特产，中国国家地理标志产品。

② "泸州老窖"，产于四川泸州市，始于明万历年间（1573年），其1573国宝窖池群1996年成为全国重点文物保护单位，传统酿制技艺2006年入选首批国家级非物质文化遗产名录。

③ "三大天然洞"，指泸州老窖拥有的三大天然藏酒洞（纯阳洞、龙泉洞、醉翁洞），皆是全国重点文物保护单位，被称作"液体黄金库"。

　　中国美酒河，"红花郎"①神州驰名商标；古蔺二郎镇，"枸酱酒"②始于汉时宫廷。秉承四大理念，营造时尚感和愉悦感；品牌一树三花，打造浓酱型和兼香型。"神采飞扬中国郎"，四川首款酱酒；酒庄崛起赤水岸，时空酿造古今。

　　集五粮精华，唯求工艺完美；传百年经典，共襄世界和平。分层起槽，巴拿马斩获白酒类唯一金奖；按质并坛，优选法酿造低度酒推陈出新。大国浓香，传承酒文化勾兑术；和美共融，营造新时代精气神。风云际会处，千秋吟诵五粮液③；泉涌流杯池，万里长江第一城。

　　剑南烧春④，"三日开瓮香满域"；大唐国酒，"甘露微浊醒醐清"。

---

①"红花郎"，郎酒品牌之一。郎酒产于四川古蔺县二郎镇，始于1898年，中国国家地理标志产品。
②"枸酱酒"，起源于战国时代夜郎国，由枸树果实（聚花果）酿造而成。
③"五粮液"，产于四川宜宾市，始于北宋时期，中国国家地理标志产品。
④"剑南烧春"，即剑南春，产自四川绵竹市，在盛唐时期被选为宫廷御酒，中国国家地理标志产品，其传统酿造技艺被认定为国家级非物质文化遗产。

粮糟缓慢糖化，生产流程技臻至善；发酵升温成酒，恰到好处芳列甘醇。风格独具，产品绵柔净爽；余香悠长，酒体丰满圆润。

悠悠岁月酒，滴滴故乡情。涪江水一波三折，深恋射洪文章瑰纬；柳树沱大家云集，诗吟舍得①灵曲酒魂。

"歌从雍门学，美酒成都堪送老"；"酒是蜀城烧，当垆乃是卓文君"②。

掐头去尾酒，酯化勾调水井坊③；千秋薛涛井，"造成佳酿最熏人"。

秉活态传承，二月二龙抬头盛典封藏；续名酒传奇，祀天地祭圣贤深植文明。伟哉！壮志凌云，绘就酿酒宏图；惠泽四方，萃集世间上品。妙哉！巧妙融合，古法新艺共赏；精益生产，传承唐宋酒韵。壮哉！平台运营，敢迎"一带一路"之挑战；智造未来，助推浓酱酒业之大成。

噫嘻！酒有利弊，君须鉴"树欲静而风不止"；事有正反，君务必溯其源而理其根。

---

① "舍得"，即舍得酒，沱牌集团产品之一，产于四川射洪市，始于清光绪年间，被誉为"中国第一文化酒"。

② "酒是蜀城烧，当垆乃是卓文君"，隐指川酒四大酒乡之一邛崃所产文君酒，其渊源可追溯至2000多年前的西汉时期。卓文君，西汉才女，为了追求真爱，离开权贵之家，与大才子司马相如当垆卖酒，成千古佳话，令无数文人墨客神往。

③ "水井坊"，一为著名白酒品牌，产于成都市；再指位于成都锦江畔的酒坊（出土遗址），呈"前店后坊"布局，是我国现发现的古代酿酒作坊和酒肆的唯一实例，被专家认定为"中国最古老的酒坊"。

川茶赋

踞华夏西南，盘古蜀四川。三星堆藏神秘文明，古堰潺潺流水；五地形显参差巍峨，气象变化万千。人文荟萃地，茶史璀璨篇。点茶论道，试茶为艺；大唐分碗，宋时分汤；涤器观赏，三件一壶[①]。一花一世界，"圣扬花"辉映"吉祥蕊"[②]；一叶一乾坤，茶马司见证汉藏缘。品质川茶，穿越百年世博名茶斩获"金骆驼"[③]；天府龙芽[④]，"三山一早"[⑤]公共品牌登陆纽约湾。央媒传佳音，"小茶叶"书写"大文章"；天府茶经济，新品种致力茶纪元。

《世界茶文化蒙顶山宣言》，圣地名全球[⑥]；始祖吴理真驯野茶功高，《天下大蒙山》[⑦]。早白尖源自"川红"，笑纳首缕喷薄阳光；古茶树返老

---

① "涤器观赏，三件一壶"：涤器观赏，强调的是在准备泡茶的过程中对茶具的清洁和欣赏，这是中国茶文化中一个重要的环节，它不仅关乎茶的冲泡质量，也是茶艺美学的一部分。三件一壶，指的是中国传统茶具中的盖碗，它由三个部分组成——盖子、碗和托。这种茶具也被称为"三才碗"，其中"三才"指的是天地人，即盖为天、托为地、碗为人。这种设计不仅方便使用，也富含文化内涵，体现了中国古代哲学中的宇宙观。

② "圣扬花""吉祥蕊"，皆为四川雅安蒙顶山出产的茶叶品牌，东汉时期具名，唐代成为贡品。

③ "穿越百年世博名茶斩获'金骆驼'"，指四川省宜宾市在1985年送展葡萄亚里斯本第24届世界食品博览会的川茶荣获"金骆驼"国际金奖。

④ 天府龙芽，产区主要分布在沿秦岭、岷山、大雪山、贡嘎山、四姑娘山等山脉内侧，四川十大名茶，全国农产品地理标志。

⑤ "三山一早"，指峨眉山茶、蒙顶山茶、米仓山茶、宜宾早茶。

⑥ "圣地誉全球"，意指蒙顶山作为世界茶文明的发祥地、世界茶文化发源地和茶文化圣山，扬名世界。

⑦ 《天下大蒙山》，指"天下大蒙山碑"，建于清雍正年间六年（1728年），客观记述了蒙顶山种茶的历史和种茶人的出处，是我国植茶最早的证据。

还童，有性繁殖品味回甜。僰道出香茗，碾茶砖茶剪刀茶；传承逾千载，单熏双熏多熏花。峨眉雪芽，雪霁雾凇雨凇新品启后；绿色香茗，禅心睿心慧欣茶韵承前。灵物藏茶和天下，具唐风万千文化之气象；红浓陈醇滋雪域，听两代班禅交口之点赞①。禅茶一味，民族友谊历久弥新；超凡脱尘，三教融汇寸心向善。肩其使命，切碎作鞠躬之仪；福被众生，渥堆为尽瘁之典。背夫"五子·登科"②，迈双腿追星赶月；万里茶马古道，洒血汗雪域高原。

杯是茶的皿，龙湖翠鹿鸣茶约会竹叶青；茶是杯的命，白栀子茉莉花窖制黄桷兰。三江之水煮好茶，壶中藏岁月；六型③比翼饮春秋，茶里见洞天。"龙行十八式"④，茶技威武阳刚如龙腾沧海；"天凤十二品"⑤，茶艺柔美婉约似凤翔九天。乡村即兴演唱，市井但见茶歌飞；茶谚传说流行，秀才围炉煮暑寒。宴客品香茗，灵性草木泡出甘露琼浆；茶汤升意

---

① "听两代班禅交口之点赞"，指十世班禅额尔德尼·确吉坚赞和十一世班禅额尔德尼·确吉杰布分别于1986年8月3日、2005年6月16日视察了雅安茶厂。
② "背夫'五子登科'"，指背夹子、茶包子、拐扒子、脚码子、汗刮子（俗称五子登科）。
③ "六型"，特指绿茶、红茶、黑茶、白茶、青茶、黄茶六大类型。
④ "龙行十八式"，指蒙顶山茶技茶艺表演的一项内容，展演时多以男性为主，以彰显阳刚之气。
⑤ "天凤十二品"，指蒙顶山茶技茶艺表演的一项内容，展演时多以女性为主，以展示婉约之美。

境，心语茶话蕴含醒世良言。茶馆是民间的沙龙，古今中外"巴渝辞"①；茶饮是自然的升华，绿叶碧浪"临江仙"②。唱宜宾茶歌，《月亮出来茶籽生》；赏堂倌吆喝，幺师扬壶流沸泉。悠悠下午茶，浮生不在唯沉香依旧；静静好时光，云卷云舒欲寡则心安。山茶花开，"琴里知闻唯渌水"③；人生如茶，"茶中故旧是蒙山"④。

做强基地做优加工，立足产业化"两区两带"⑤；做响品牌做大龙头，建设标准化"第一车间"。催绿色生态提升综合效益，倡统防统治发展智慧茶园。川茶声誉远，茶史已展千重锦；茶业宏图新，国饮更进万尺竿。噫吁兮！平淡是茶的本色，卓尔不凡，大丈夫宜志存高远；伟矣哉！苦涩是茶的历程，自强不息，真丈夫应克难攻坚。壮矣哉！清香是茶的馈赠，厚德载物，伟丈夫须踔厉向前。

---

① "巴渝辞"，是竹枝（词牌名）的别名，又为唐代教坊曲名，本为巴渝（今四川省东部重庆市一带）民歌中的一种。

② "临江仙"，原为唐代教坊曲名，后用作词牌名。

③ "琴里知闻唯渌水"，出自唐代白居易七言律诗《琴茶》。

④ "茶中故旧是蒙山"，出自唐代白居易七言律诗《琴茶》。

⑤ "立足产业化'两区两带'"，即以国家茶产业集群为核心区，建设川西南名优绿茶带、川东北高山生态茶产业带（两带），川南功夫红茶区、川中茉莉花茶集中区（两区）。

川剧[1]赋

　　天下一家，活态传承，霎那变脸，自成方圆。虚实相生冠绝活，遗形写意酿经典。岁时节庆，常盼川剧慰精神；五腔[2]共和，盛于"湖广填四川"。一线牵系家国事，传统剧讲天下沧桑兴替；双手拨动古今人，脸谱像演历代帝王剑仙。"文旦生花丑"，代表剧目"五袍""四柱"[3]笑傲江湖；"手眼身心步"，唱念做打四功五法[4]铸就非凡。大唐有盛名，梨园祖师肇启于玄宗皇帝；蜀戏冠天下，《刘辟责买》[5]讽官僚祸害人间。

　　高昆胡弹荟萃，川剧复兴得益于"三庆会"[6]；文武唱做皆能，川剧大戏成名于《白蛇传》。高腔曲牌悠扬，音韵美妙动人；乐器帮腔烘托，传神四川方言。一唱众和，有鲜明地方特色；万千脸谱，具人物神奇变幻。

---

①川剧，俗称川戏，由昆腔、高腔、胡琴、弹戏、灯调五种声腔组成，主要流行于中国西南地区川、渝、云、贵四省市的汉族地区。20世纪50年代，川剧被国务院列为"民族文化遗产"之一。2006年5月20日，川剧经国务院批准列入第八批国家非物质文化遗产名录。

②"五腔"，指川剧中的高腔、昆曲、胡琴（皮黄）、弹戏（梆子）和四川民间灯戏五种声腔艺术。

③"五袍"，指《青袍记》《红袍记》《绿袍记》《黄袍记》《白袍记》；"四柱"，指《碰天柱》《水晶柱》《九龙柱》《五行柱》。以上皆为川剧高腔传统剧目。

④"四功五法"，指唱、念、座、打（四功）和手、眼、身、心、步（五法）。

⑤《刘辟责买》，川剧传统剧目之一，唐代时伴随着"蜀戏冠天下"局面出现在全国流行。

⑥"三庆会"，知名川剧班社，1912年创立于成都华兴正街悦来茶园（今锦江剧场），至1949年，前后活动达30余年，在川剧发展史上具有重要地位。

水袖轻扬，赏千姿百态曼妙风华；滚灯喷火，惊瞬息转挪烈火腾烟。始于用功法，文生武生讲究全能；成于表现力，一桌二椅乾坤扭转。即诗即兴，听铿锵徒歌摄人心魄；亦庄亦谐，看甜平苦平[①]喜怒万千。出将入相，文臣武将致力安邦定国；三元连中，才子佳人难逃离合悲欢。阳春白雪的高洁，墓门挂剑；下里巴人的淳朴，风雅浪漫。

幸寰宇澄清，美美与共；对戏台歌舞，宫商不断。《别宫出征》[②]，掩面润生民共沾雨露；《巴山秀才》[③]，低声遏行云竞睹奇观。演革命英雄，《江姐》视死如归红梅怒放；唱改革人物，《草鞋县令》[④]为民情怀旷远。不大地方，舞台可家可国可天下；寻常人物，演技能文能武能神仙。钻火圈，表演群情热烈；开慧眼，神奇幽默新鲜。古事比今世，道尽人事之艰辛；戏情即世情，歌颂文明之摇篮。人生如棋局，悟能如鱼得水；乾坤一台戏，善拥万里江山。俚中见雅，顷刻间伟业宏图；怡情养性，方丈里打坐参禅。

嗟乎！和声鸣盛世，万物并育而不相害；春色满神州，大道并行风月同天。一台戏，一抹妆，众皆举手投足；新时代，新潮流，信仰成就非凡。四川化的戏曲剧种，唯踔厉而精进；戏曲化的地方文化，履重任而道远。盼哉！荟萃名剧阵容，集观赏性艺术性思想性浑然一体；愿哉！策划演唱时空，期抓人才抓团队抓创建载誉空前。

---

① "甜平苦平"，指情绪完全不同的两类曲调：一类长于表现喜的感情，叫"甜平"（又称"甜品"、"甜皮"等）；一类叫"苦平"（又称"苦品""苦皮"），长于表现悲的感情。

② 《别宫出征》，川剧知名折子戏剧目。

③ 《巴山秀才》，川剧经典代表作，由著名当代戏剧家巴蜀鬼才魏明伦和南国编剧，四川省川剧院院长陈智林等主创。

④ 《草鞋县令》，新编川剧创作剧目，以清嘉庆年间四川什邡县令纪大奎的故事为素材创作。2022年9月，《草鞋县令》获得第十七届中国文化艺术政府奖文华大奖。

绵竹年画①赋

古蜀翘楚，益州重镇。福地洞天，人杰地灵，绵竹②堪称蜀中胜景也！四川三宝，牛肉银耳五粮液；绵竹三绝，茶叶年画剑南春。绵竹年画，展明丽鲜亮质朴丰韵之风；自成一格，显色彩鲜明形象活泼之韵。亦农亦艺，绘乡村岁月之变迁；亦文亦武，展华夏门神之精神③。年俗情，画工勾染自成年画风格；想象力，从意到形工艺灵变随心。形由线而立，韵律感因曲而活；神为形而传，节奏感由直而伸。

诸葛双忠祠④，相门父子前赴后继；宋时小成都，群英荟萃画风盛行。子云作赋《绵竹颂》⑤，文坛巨匠；王勃题碑净慧寺，神童留声。李杜苏轼杨升庵，群贤毕至；君平秦宓张敬夫，水起风生。动人的鱼莲，新春吉祥

---

①绵竹年画，又称绵竹木版年画，中国民间木版年画之一，因产于竹纸之乡的四川省绵竹市而得名，流行于中国西南地区。

②绵竹，四川省辖县级市，古为蜀山氏地，有"古蜀翘楚，益州重镇"之誉。1993年，文化部命名绵竹为"中国年画之乡"。1994年绵竹年画入选"中国民间艺术第一绝"，1997年荣获"第五届中国艺术节金奖"。

③"展华夏门神之百态"，指绵竹年画的人物造型要求必须具有雕塑感——大门的（一般为武将）要凶（威武）、睡房（寝室）的要乖（稚气、乖巧）。

④"诸葛双忠祠"，位于绵竹市茶盘街，是四川省重要的蜀汉遗迹之一。祠内供奉的人物是祖孙三代，前殿祀诸葛瞻父子，启圣殿祀诸葛亮。

⑤《绵竹颂》，西汉辞赋家扬雄（字子云）作品。

画祝福万事如意；威武的门神，和谐大家庭彰显幸福康宁。著名的戏曲，聚焦爱憎分明的鞭挞或褒扬；喜庆的流光，表达富贵满堂的追求和憧憬。听线条串起动人的音符，龙吟虎啸；赏八仙过海独特的寓意，精彩绝伦。年画蜕变成"年活"，始于宋代徽宗；细活抑或精彩活，折射绵竹灵魂。

取一而舍万千，体味构图之伟力；明一而现千万，放飞色彩之随心。打稿起样艺娴熟，"画中要有戏"；临摹成图记"要诀"①，坐立"三掉身"②。雕刻画版阴与阳，若隐若现；水印彩绘红与黑，泾渭分明。一黑二白三金黄③，工艺先后有序；五颜六色穿衣裳④，浓淡自有分寸。《迎春图》具清明上河之盛，"四春"⑤踏云步月；"填水脚"⑥有八大山人之风，信笔自然天成。春牛图岁朝图嘉穗图，烘托热烈氛围；长寿星福禄星紫微星，期盼福寿降临。明暗透视洋技法，西风东渐；立体色彩"鸳鸯笔"，技艺革新。

噫嘻！开封朱仙镇，木版年画发端之鼻祖；华夏四大家⑦，各美其美承启之传人。杨柳青构图丰满，富有宫廷味；杨家埠线条粗犷，充满乡土情。桃花坞细腻工整，誉为"姑苏版"；绵竹市绘画性强，独秀锦官城。雄哉！赞成什么大张旗鼓，画为信使；绝哉！反对什么旗帜鲜明，画为心声；妙哉！践行什么千年不废，信道兼程。

————————

① "要诀"，特指"立如一张弓，坐如一口钟"等口诀。
② "坐立'三掉身'"，指人像宜侧身坐，不要正面坐，这样才有曲线，才俊美。
③ "一黑二白三金黄"，特指绵竹年画的彩绘工艺流程，即一黑（指黑线版）二白（指人物手脸底色及靴底作白）三金黄（指衣冠及道剧的橙黄色）。
④ "五颜六色穿衣裳"，特指绵竹年画的人物服饰用色，包括洋红、桃红、黄丹、佛青、品蓝、品绿等。
⑤ "四春"，指迎春、报春、游春、打春四个部分。
⑥ "填水脚"，是绵竹年画彩绘独创的技法，方法为利用残纸余料，寥寥数笔便完成一幅年画作品，然后于市场卖钱。该技法一般非大师名匠难以完成。
⑦ "华夏四大家"，特指四大年画，包括绵竹年画、天津杨柳青、山东潍坊杨家埠、江苏桃花坞的木版年画。

千秋四川赋

卷

六

生态辑

大熊猫赋

　　大熊猫①者，中华国宝也！八百万年精灵，千秋繁衍未央。野性柔情，涉冰川历磨难步洪荒；黑白长毛，千万载同进化度阴阳。以茂林修竹为伍，避毒蛇猛兽之害；与日月星辰争辉，具太极两仪之象。浪迹深山峡谷，怡然自得；淡出红尘视野，独来独往。草长莺飞，优胜劣汰强者胜；红肥绿瘦，物竞天择顺者昌。采山川之灵气，孑遗物种；得自然之生机，生命顽强。龙凤麒麟虎豹，唯尊万物灵长。

　　首只熊猫的发现者，慧眼戴维②；模式标本的原产地，独一无二；核心种群的栖息地，林海茫茫。爱德华兹③定名"猫熊"，科学分类命名；后人误译误传"熊猫"，约定俗成归档。熊猫谷，都江堰繁育野放研究中心，种群延续；碧峰峡，中国保护大熊猫研究中心，迎来送往。卧龙白熊猫，志行以高洁；野外放归地，诗意般徜徉。跑跳兮逗乐，觅食优哉游哉；

---

①大熊猫（*Ailuropoda melanoleuca*），属于熊科、大熊猫属哺乳动物，是中国特有种。大熊猫已在地球上生存了至少800万年，被誉为"活化石"和"中国国宝"（国兽），是世界自然基金会的形象大使，也是世界生物多样性保护的旗舰物种。

②戴维，即阿尔芒·戴维（1826年—1900年），法国动物学家、植物学家，大熊猫的发现者。

③米勒·爱德华兹，法国自然历史博物馆动物学家，他于1870年正式命名由阿尔芒·戴维发现的动物为"猫熊"（熊猫）。

滚打兮寻欢，卖萌欣喜若狂。栗子坪，中国熊猫放观实验地；雅兴桥，熊猫情系故土青衣江。史书曰"驺虞仁兽"[①]，故以解兵；《方物纪》黄质白章，迟钝声訇[②]。

中国奥运，熊猫列阵"北京欢迎您"；和平外交，相继出使东西两大洋。远行英吉利，"佳佳"与"晶晶"；落户东京都，"蓝蓝"和"康康"。"玲玲""兴兴"，赴美利坚华盛顿望明月；"燕燕""黎黎"，伴法兰西塞纳河思故乡。实至名归，中国大熊猫风行寰宇；德配天地，文明新元素友谊万邦。开展野培训练，"紫竹""英萍"，新种群徜徉林间山水；标记实验样本，跟踪定位，新技术确保由弱变强。《功夫熊猫》，仗剑江湖之侠骨柔情；《卡通熊猫》，丰富儿童之奇思妙想。

嗟乎！"熊猫与自然"电影周[③]，蜚声世界；科研与保育大手笔，再续华章。山中竹林隐士，人类和平希望。熊猫文化，和谐共融；熊猫精神，友善高尚；熊猫魅力，万丈光芒。用影像承载历史，过往更加清晰；用镜头保护未来，后昆再创辉煌。壮哉！豪雄之伟业，国家级大熊猫公园风生水起；卓哉！非凡之盛举，大熊猫野放和保育路远道长。

---

① "驺虞仁兽"，引自《资治通览·卷六》"晋制，有白虎幡、驺虞幡。白虎幡威猛主杀，故以督战；驺虞仁兽，故以解兵。"
② "《方物纪》黄质白章，迟钝声訇"，源自胡世安编著《译峨籁》，书中的"方物纪"（卷七）记载了貔貅（熊猫）的形态特征和叫声特点。
③ "'熊猫与自然'电影周"，即中国·雅安国际熊猫·动物与自然电影周，是中国国际动物与自然电影节的主题活动单元，2007年以来，已成功举办了九届。

九寨沟①赋

　　高原湖泊，碧翠茫茫。原始森林，葳蕤苍苍。水润新天地，娇羞欲滴；叶红九寨沟，峰峦叠嶂。九寨②之眼五彩池，则查洼沟镶湖床。"六绝"③传中外，碳酸盐分布广泛；四季五花海，钙化湖泊滩流长。五光十色，群湖秀丽典雅；穿岩越壑，溪流奔泻荡漾；冰清玉洁，瀑群飞珠溅玉；极目桃源，花径幽深林莽。岩池兮似古砚千姿百态，湖沿兮如莲葩自由伸张。轰鸣声惊天地摄心魄，令君回肠荡气；大自然迸活力如交响，催人信马由缰。

　　一沟浓烈江山翠，落霞映鹤影；仙子凌波宝石蓝，游侠伴红装。

---

①九寨沟，位于四川省西北部岷山山脉南段的阿坝藏族羌族自治州九寨沟县漳扎镇境内，地处岷山南段弓杆岭的东北侧，系长江水系嘉陵江上游白水江源头的一条大支沟。1982年九寨沟成为首批国家级风景名胜区，1992年被联合国教科文组织列入世界自然遗产名录，2007年获批国家5A级旅游景区。九寨沟还拥有"世界生物圈保护区"和"绿色环球21"两项国际桂冠。
②"九寨"，指树正寨、则查洼寨、黑角寨、荷叶寨、盘亚寨、亚拉寨、尖盘寨、热西寨和郭都寨九个寨子，又称"和药九寨"。
③"六绝"，指高山湖泊群、瀑布、彩林、雪峰、蓝冰和藏族风情。

苔藓树生，软泥净土的草木；松萝林挂，飘飘欲仙的天网。长海蓝蓝，泉清而甘冽；镜湖滟滟，鸟语而花香。沼泽湖岸①，苇花飞到天尽头；树正群海，松涛浪涌漫山岗。金沙铺地，鱼在云中畅游；青龙蜿蜒，鸟在水中飞翔。瀑飞诺日朗，跌宕起伏自天而落；雾锁珍珠滩，嫣红姹紫怡然盛妆。彩池漾七色，赤橙黄绿青蓝紫；乳石生光辉，高低细小粗短长。冰川堰塞湖，装不满漏不干的宝葫芦；雷鸣珍珠滩，新月形冰碛台地"满庭芳"。

"卧龙海""老虎海""火花海"，水磨旋转日月；"熊猫海""天鹅海""芳草海"，嫦娥思凡古羌。奇迹堪称绝妙，水淙淙树间流阴阳奇巧；和谐自然天成，树葶葶水中生龙凤呈祥。保育生物圈，多样性自然生态系统；"三生"②结幸福，大熊猫种群核心走廊。悠悠乎顿觉空灵与飘逸，紫气东来；洋洋乎催生慧根并禅意，佛法西往。达戈色嫫③驱恶魔，宁静致远祥和；九宝莲花菩提塔，经幡随风飘荡。新年迎圣水，劝人行善积德续古风；祈福请山神，甩手踏步踢脚跳锅庄。"嫩思柔措"④，疑似九天银河兮晶莹剔透；纤毫毕现，抑或龙宫漫步兮恣肆汪洋。

紫果云杉⑤茂，百年林海特有种；负氧离子高，游目骋怀心底爽。溪流孕育动地诗，万物共生；瀑布流淌千年赋，虹飞鹤翔。牧歌随风传，旋律激昂或舒缓；美景难尽述，意象凝固或夸张。妙哉！大千号外"海"称雄，童话世界；绝哉！九寨忘返水萦梦，人间天堂。

---

① "沼泽湖岸"，即季节海，其湖水随季节变化而时盈时枯。
② "三生"，指生产发展、生活富裕、生态优良。
③ "达戈色嫫"，源自大型歌舞《九寨千古情》中《九寨传说》表现的一段爱情故事。色嫫原来是天上的仙女，因爱上勇敢彪悍的藏族青年达戈而引天庭震怒，最后把两人变成两座雪山。
④ "嫩思柔措"，指仙女沐浴的地方，藏语音译。
⑤ 紫果云杉（*Picea purpurea* Mast.），一种常绿乔木，树高可达30 m，中国特有种，国家一级保护树种。

若尔盖高原湿地①赋

草原辽阔，长河落日；水草丰茂，苍鹰盘旋。湖泊星罗棋布，最美湿地享"中华水塔"之美誉；河流蜿蜒荡漾，黄河九曲第一湾藏天量泥炭。碟形洼地错落分布，或大或小；闭流伏流谷地开阔，或深或浅。冷云杉昂首云天外，挺拔峥嵘；雪莲花倒映九龙湖，美轮美奂。黑颈鹤②，往返川滇越冬迁徙云路；藏羚羊③，穿越五花草甸觅食撒欢。旖旎样自然风光，绿韵生机盎然；明镜般河流湖沼，拥簇"花海"④景观。

曾记否，超载放牧复排水开沟；君不见，滥垦滥伐露秃岭童山。保育生物多样性，摸清家底；治理急难险重地，科技领先。品质论英雄，异地育肥兼圈养；目标"三同时"⑤，

---

①若尔盖高原湿地，位于四川省阿坝藏族羌族自治州若尔盖县境内，是中国第一大高原沼泽湿地，也是世界上面积最大、保存最完好的高原泥炭沼泽。作为国家级自然保护区，若尔盖保护区重点保护对象是黑颈鹤及高原湿地生态系统。

②黑颈鹤（*Grus nigricollis*），别名藏鹤、雁鹅，是唯一分布在青藏高原的鹤类，还是我国十大国宝级珍稀动物之一。

③藏羚羊（*Pantholops hodgsonii*），别名藏羚、长角羊，是我国特有的物种，主要分布于中国以羌塘高原为中心的青藏高原地区，是我国十大国宝级珍稀动物之一。

④"花海"，指若尔盖草原热尔大坝中间有3个相邻的天然湖泊（海子），最小的叫措尔干，最大的叫措热哈，花湖居中，水面数百亩，其水草夏季繁花似锦、芳香四溢。

⑤"目标'三同时'"，即同时设计、同时施工、同时投产使用，严格按照"十四五"发展规划和纲要，促进生态环境保育和经济社会发展。

对标规划涵水源。顺流入轨，钢石笼保堤护埂；河蓝水清，生态袋护坡固岸。填沟还湿，"山水工程"初见成效；生态修复，减畜降牧珍爱高原。致力于退耕还牧还草，监督"两禁"①；为长江黄河补水供流，杜绝"五滥"②。湿地以轮牧复苏，提高"三意识"③；固沙以柳格④出彩，增强"三重感"⑤。提质增效，育品种惠及子孙万代；草地承包，送技术确保国土安全。产权明细，发证书于牧民；以粮代赈，补实惠于黎元。

打造"样板间"，生态科普联袂红色教育；保育一体化，政技产学研发合力攻坚。治理与开发同步，末端对接；引凤与治肓先行，支教支边。生态须补偿，流域经济上中下游三兼顾；观念须提升，生态信仰天地人和

---

① "两禁"，指在繁殖期严禁狩猎、捕捞和禁止食用野生鸟蛋。
② "五滥"，即滥垦、滥砍、滥牧、滥挖、滥采。
③ "三意识"，即法律意识、生态意识、公共道德意识。
④ "柳格"，指将高山柳树干扎成方格，再用柳条将方格连在一起，同时在方格中种植草灌，随着草类、灌丛成势，沙土被遮盖并稳固在方格中，起到遏制草地沙化的作用。
⑤ "三重感"，即危机感、责任感、使命感。

苦变甜。种群丰欠互作，组装最新成果；明细乡村振兴，干群履践致远。警钟长鸣，着力恢复绿水青山特色本底；使命在肩，遏制生态物种任意摧残。踔厉奋发，生态功能重要区域应保尽保；负重自强，生态环境敏感地带宜育宜管。

噫嘻！"看一泓潋滟春光"，若诗若画若尔盖；"展千种风流雅趣"，亦真亦幻亦神仙。观藏族歌舞，《吉祥酒歌》飞越喜马拉雅；赏唐卡艺术，格尔底寺①"晒佛"号鸣九天。致富不离乡镇，牧家乐连接藏家乐；补偿现场"验靶"，短平快着力中长远。沼泽湿地是晴雨表，促进水脉交融循环；"固体水库"是"动力池"，"中华水塔"②功在明天。妙哉！运作山水林田湖草沙冰，统筹兼顾；绝哉！打造世界最美高原湿地，国家名片。

---

①格尔底寺，全称为达昌郎木格尔底寺，又称郎木寺。
②"中华水塔"，中国环境保护区域，一般是指青藏高原的三江源地区。

蜀南竹海赋

　　天风吹荡，竹涛声声。清凉送爽，婆娑竹影。竹海明珠，葳蕤广袤。中国竹都，自然天成。蜀南竹海[①]，地处川滇黔三省交会带；七彩飞瀑，花溪十三桥生态度假村。典型丹霞地貌，泉水清纯甘冽；四季风景如画，溪河流韵传神。"天际出悬岩"[②]，仰东坡鸟瞰田园阡陌；"云中寻古洞"，朝"仙寓"寺庙佛道共存。低谷作堰海中海，电影《卧虎藏龙》取景地；花溪落花花有意，"山谷"[③]神笔大书"万里菁"。竹波碧浪，八大景区坐落崇山峻岭；翠甲天下，四百类竹笑迎旅游嘉宾。

---

①蜀南竹海，又名万岭菁，位于四川省宜宾市长宁县，是一个以竹景为主的风景名胜区，也是融自然景观和文物古迹为一体的避暑地，拥有世界上集中面积最大的天然竹林。蜀南竹海是国家级4A旅游景区、中国旅游目的地40佳、中国生物圈保护区、中国最美10大森林、最具特色中国10大风景名胜区，获国家"绿色环保21"认证。

②"天际出悬岩"，出自苏轼对联"天际出悬岩，石窍玲珑，问混沌何年凿破；云中寻古洞，篆烟缥缈，看神仙海外飞来。"这里的古洞指的就是蜀南竹海一处被誉为"竹海明珠"的景观——"仙寓洞"。

③"山谷"，指北宋文学家、书法家黄庭坚（1045年—1105年），字鲁直，自号山谷道人。

竹海大峡谷，时而烟波浩渺；明月林间照，转瞬霞蔚云蒸。万江景区，毛竹起伏与溪流且行且歌；翡翠长廊，参差拱列与曲径交相辉映。绝壁擦耳岩，天泉飞泻三千米；出洞九转拐，仲举①书刻遗古今。百龟拜寿，观云台登高以望远；竹林高贤，五叠瀑回眸以共鸣。忘忧谷，遮天蔽日犹觉飘飘欲仙；幽篁间②，清香四溢常闻弹琴蛙声。竹海博物馆③，七大类新产品④琳琅满目；传统手工艺，"材有美工有巧"⑤精妙绝伦。竹筷竹筒竹根雕，玲珑剔透；竹簧竹编竹建筑，卓尔不群。竹雕文化"纵横捭阖"，馆藏《清明上河图》；竹编工艺挑"经"织"纬"，灵变"交""压"以匠心。

东汉崖墓岩画，竹图腾崇拜；巴拿马博览会，竹展品夺金⑥。阳春三月，嫩笋拔节，出土已藏冲天志；三伏三秋，破岩裂泥，潜心修炼向上心。特色化美食，熊猫宴席全方位展示竹文化；意象化表达，金熊猫奖《造家梦》寓意竹文明。翠竹孕山河，冬笋春笋龙竹笋；临湖起竹舍，竹寨竹廊竹客厅。名贵菌类，竹荪灵芝山塔菇；东方蝾螈⑦，"中国火龙"竹精灵。全竹宴，竹筒豆花竹筒饭；玉兰片，竹海黄酒竹之春。以竹为艺

---

① "仲举"，即傅襄谟，字仲举，1911年12月2日生，四川江安人，抗战时期的四川记者和报人。

② "幽篁间"，意指在幽深又茂密的竹林之中，取自庄子文章句子"幽篁在山谷，不可寻而可见。"

③ "竹海博物馆"，即蜀南竹海博物馆，是国内首家竹专题博物馆。

④ "七大类新产品"，指竹簧、竹筷、竹筒、竹根雕、竹编、竹家具、竹建筑七大类。

⑤ "材有美工有巧"，出自《周礼》中的《考工记》所言："天有时，地有光，材有美，工有巧，合此四者然后可以为良。"

⑥ "竹展品夺金"，指1919年，竹海工艺品以其粗犷、质朴、精美的艺术特色，在巴拿马国际博览会上夺得金奖。

⑦东方蝾螈（Cynops orientalis），有尾目蝾螈科蝾螈属两栖动物，别名四足鱼、四脚鱼、水龙，我国特有种，列入《世界自然保护联盟濒危物种红色名录》。东方蝾螈在文化中的象征意义主要体现在与传说中的"龙"相似，因此也被称为"中国火龙"。

兮，竹竿长歌劳动号子；以竹为器兮，牛灯张扬神牛神劲。

　　嘻嘻！竹枝令人清，乐山乐水得真趣；红枫令人爽，一丘一壑清风生。竹海音乐节，摇滚激光伴旗袍走秀；竹海龙舟节，惬意竹乡看虎斗龙争。万竿拥绿，钟鼓山融钟声鼓声于一体；修篁伟岸，瑶菁女奏高山流水于一琴。纷呈异彩，赓续千古民族文化；神奇工艺，创新万载竹类精品。壮哉！环保低碳，"春笋节"主打"中国绿"品牌；雄哉！人文荟萃，竹海人助力大中华复兴。

白鹤滩① 绿色能源赋

千河之省②，雄踞西南。高山高水高流量，大江大河大四川③。天府水能甲天下，前瞻性布局；中国水能冠全球，跨世纪勘探。天然落差巨大，世界水电看中国；地形地貌复杂，中国水电看西南；点亮半个神州，西南重点看四川。文件多轮报批，好事多磨终上马；项目④几上几下，水电梦想终涅槃。金沙江高峡出平湖，截断川滇云雨；主河段碧海捞日月，开发梯级电站。十六台机组扬威，台均装机一百万；八百米蓄水高程，西电东送白鹤滩。

---

① "白鹤滩"，指白鹤滩水电站。它是金沙江下游干流河段梯级开发的第二座梯级电站，也是全球第二大的水电站。

② "千河之省"，指四川省境内有河流1400余条，其中流域面积在100 km²以上的河流有1368条，地表水资源量2207.8亿m³，居全国前列。

③ "高山高水高流量，大江大河大四川"，指四川河流纵横，年径流量约3000亿m³，蕴藏了巨大的水能资源；水能蕴藏量占全国1/5，可开发量有9200多万kW，居全国之首；现有大小水电站4000余座，发电量与英国相当。

④ "项目"，特指以1990年国务院以国发（1990）56号文批复的《长江流域综合利用规划简要报告》为依据，确立了金沙江干流下游河段按乌东德、白鹤滩、溪洛渡、向家坝四级开发。2017年8月3日，经国务院审批同意，白鹤滩水电站正式通过国家核准，进入主体工程大规模全面建设的新阶段。

  拓宽增长点，流域开发全方位；绘就新蓝图，低碳发展中长远。功能首要发电，防洪兼具航运；移民安居乐业，促进村富人安。自然因素，干旱气候影响水电供给能力；人为影响，消费激增设备老化双重挑战。用电结构持续优化以增后劲；加快电源功能调整以补短板。与时俱进，缓解迎峰度夏之矛盾；利民为本，攻克寒冬缺电之难关。促转型，积极面对温室效应；谋改革，优化配置电力资源；强创新，全力保供克难攻坚。管理负荷侧，电力转型绿色低碳；能量密度高，凸显一流水力亮点。技术难度大，把控瓶颈破坚冰；风险管控严，按下精准快进键。节能降耗，以实绩实效论英雄；开源节流，以民盼民需交答卷。

坚持政企协同联运，确保用电有责；协同发力源网荷储①，守牢民生底线。目标"亮靶"碳达峰，加速投资释放；矢志不渝碳中和，护佑能源安全。延伸产业链，电力驱动自立自强；输电特高压，重大科技超前示范。优化供应链，对标体制改革市场化；笃定总方向，开创国际合作新局面。电力新型储能新举措，平稳示范运行；电力转型升级数字化，杜"跑"绝"漏"挖潜。市场应用与日俱增，电效能指标向好；绿能需求日新月异，碳减排效益非凡。碳市场水起风生，模式商业化持续推进；"一体化"谋定快动，电力新业态永不收官。

噫嘻！"电动四川"行动计划②，谋低碳就是谋未来；建成"三江"③水电基地，抓创新就是抓决战。百年丰碑，竖井顶拱④"巨无霸"尾水调压；人民治水，三条无压泄洪洞⑤世界领先。全球单机容量最大发电机组，动力蕴含希望；建成世界清洁绿色能源走廊，"四级"⑥串珠成链。展示绿能综合新成果，提升机组顶峰发电力；搭建国电全球新平台，把握"一带一路"电开关。伟哉！奉献光明，在低碳化中提速中华复兴；壮哉！追求卓越，在共同体中弘扬风月同天！

---

① "网源荷储"，即"网源荷储"一体化，指通过优化整合本地资源，以先进技术突破和体制机制创新为支撑，探索将能源源头、电网、用电负荷和储能系统有机融合的电力系统发展路径，其核心在于强调负荷侧的调节能力，实现就地就近灵活发展，激发市场活力，引发市场预期。

② "'电动四川'行动计划"，指围绕充换电基础设施建设、新能源汽车推广应用、动力电池产业培育壮大、新能源汽车产业提档升级等方面，加快推进重点领域电动化进程。

③ "三江"，指金沙江、雅砻江、大渡河。

④ "竖井顶拱"，指一种圆筒式尾水调压井的工艺结构，其竖井直墙升控高度为57m～93m，竖井加上室内顶拱，最深为127m，规模为世界之最。

⑤ "三条无压泄洪洞"，指通过修建三条无压泄洪洞，打造了三条高速公路，洪峰流速最高可达47m/s，相当于170km/h。

⑥ "四级"，即金沙江干流下游河段按乌东德、白鹤滩、溪洛渡、向家坝四级开发。

跋

　　在《千秋四川赋》一书完成之际，作者深陷沉思。四川省，一个历史悠久、文化丰富的地区，难道能仅以20万字的篇幅来全面概括吗？显然不可能。古蜀文明数千年的历史长河，岂能仅以六卷六辑来截稿？显然不足。四川文旅融合，省、市、县全域旅游业蓬勃发展，难道可以就此搁笔？显然不可。作者的初衷是期望通过《千秋四川赋》这一初步成果，引出更多璀璨的学术成果。尽管如此，该书仍具有几个显著特点，值得详细阐述。

　　本书展现了全面的取材视角：从四川五大区域着手，从海拔7556 m的贡嘎山（最高海拔）俯瞰至广安市海拔188 m（最低海拔）的文武村；跨越数千年的历史时空；从自然地理、人文科教、经济社会等多个维度进行探索；生动呈现著名历史人物的精神风貌；从代表四川的名片中精选素材，以此体现其全面性。同时，本书依据省、市、县的五年计划、发展规划、振兴战略，辅以结果导向为标准，以确保其权威性。

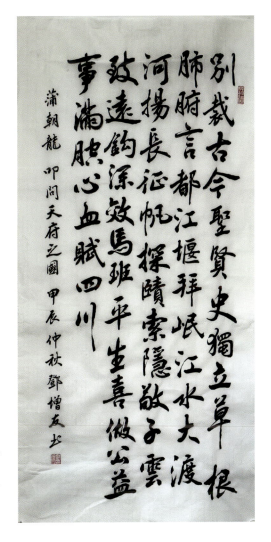

本书在文赋写作上展现了新颖性。以赋为文，确实存在一定的难度，迄今为止，尚未发现有类似文体专门歌颂四川的专著。本书既是对一山一水或一物"优势种"的颂扬，也是对一个区域、一个领域或一个方面"健群种"的呼唤。甚至可以说，本书是四川省精品荟萃（风物卷）和地理增辉（名胜卷）的必备参考书。另外，作者并未完全遵循传统辞赋的四字体、四六字式或六四字式的写作模式，为了保持其意境或语境的完整性，作者自由运用字词句式和表达方式，使读者在"悦"读时能感受到更加酣畅淋漓的体验。

　　本书在科学性上追求实事求是与创新。作者并不排斥诗歌的朦胧性，但在定性、定量、定型方面，坚持明确的界定。这既顺应自然规律，又能为读者或鉴评者提供准确的信息。对于前往四川的游客或研学群体而言，本书的价值不言而喻，即使投入更多精力，也是值得的。

　　本书是一部具有研究性的文赋，凝聚了课题组28位研究者的心血与深情，传递着正能量。36篇文赋准确而全面地揭示了四川在中华多元文化中的独特魅力，以及在经济社会、文史哲学中的独特地位，它有助于丰富和加深读者对四川的了解和认知，进而激发人们爱家乡、爱巴蜀、爱祖国的家国情怀。

　　坚定历史自信，赓续红色基因；延伸巴蜀文脉，弘扬时代精神——这种守望相助共克时艰的笔耕行动本身就是一大善举。若本书能再版，期其在深度溯源、广度挖掘、把控度提炼上更进一步，无疑将为《千秋四川赋》专著增添更多学术成果，使其如生命之树繁茂、文明之花盛开、启迪之果累累。

邓　斌　罗会岚

2024年6月6日

后记·鸣谢

在深入贯彻《四川省"十四五"文化和旅游规划》与《四川省"十四五"文化发展改革规划》的精神指引下，我倾尽心力，精心雕琢的《千秋四川赋》第五稿已圆满收官，此书是我对四川这片既秀美又充满活力的天府之地，深情献上的一份挚诚之心；同时，也是对六十年前在西南崇山峻岭、云雾缭绕间艰苦卓绝、投身国家"三线"建设的先驱与精英们的一份深情致敬。

本人曾有幸在四川农业大学从事教学和研究工作，后涉足政坛，服务于雅安市人大常委会、市及县级政府和牧医部门，并在省部级自然科学与社会科学研究领域屡获奖项。半个世纪的沉淀与积累，不仅丰富了我的人生阅历，更为我提供了宝贵的创作素材。于是，我以文赋体写就韵文36篇，配上精美图片及书法、篆刻作品，力图使《千秋四川赋》不仅内容丰富，且更具鉴赏价值。

在此，我衷心表达：

感谢博士生导师舒大刚教授、徐希平教授的悉心指导与宝贵建议，为本书增色添彩。

感谢硕士生导师张跃西教授慷慨作序，为《千秋四川赋》赋予了更深邃的学术视野。

感谢峨眉电影集团总裁向华全先生审阅全书并提出了修改意见。

感谢治印大师邓德业和邓存琚老师的精湛篆刻，让巴蜀图语印章和书名熠熠生辉。

感谢周孟棋先生慷慨提供多幅熊猫照片，为本书增添了独特的四川韵味。

感谢邓增友先生的书法艺术，以《叩问天府之国》之作，深化了书籍的文化内涵。

感谢王椠先生、杨津芳副教授的英文翻译服务，对稿件成书颇有助益。

感谢雅韵诗词协会的陈艺女士，在《千秋四川赋》的成稿过程中，提供了细心周到的文牍服务。

感谢雅安市人大常委会办公室邱轫发先生的付出，让本书得以完美呈现。

特别感谢我的夫人王泽彰，是她的全力支持与默默付出，让《千秋四川赋》得以顺利问世。

《千秋四川赋》的问世，凝聚了众多师长、友人及家人的心血与支持，它不仅是一部对四川悠久历史与辉煌成就的颂歌，也是我个人情感的系列抒发。愿此书能成为连接过去与未来、沟通巴蜀与世界、传递文明与文化的桥梁。

作者于成都

2024年12月